도련님

坊っちゃん(1906)
夏目漱石

나쓰메 소세키 소설 전집 2

도련님

초판　1쇄 발행 2013년 9월 10일
초판 15쇄 발행 2024년 9월 10일

지은이 | 나쓰메 소세키
옮긴이 | 송태욱
펴낸이 | 조미현

편집주간 | 김현림
교정교열 | 김정선
디자인 | 나윤영

펴낸곳 | (주)현암사
등록 | 1951년 12월 24일 · 제10-126호
주소 | 04029 서울시 마포구 동교로12안길 35
전화 | 365-5051 · 팩스 | 313-2729
전자우편 | editor@hyeonamsa.com
홈페이지 | www.hyeonamsa.com

ISBN 978-89-323-1676-5 04830
ISBN 978-89-323-1674-1 04830(세트)

이 도서의 국립중앙도서관 출판예정도서목록(CIP)은 서지정보유통지원시스템(http://seoji.nl.go.kr)과
국가자료종합목록시스템(http://www.nl.go.kr/kolisnet)에서 이용하실 수 있습니다.
(CIP제어번호 CIP2013015325)

나쓰메 소세키 소설 전집 ②

도련님

송태욱 옮김

현암사

소세키의 책 중에 작은 판형으로
제작된 책들이 있는데, 장식성이
뛰어나다. (1914~1918)

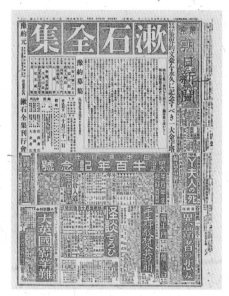

소세키 전집 발간 기사(《아사히 신문》)

소세키 사후 1주년 기념으로 출간된
최초의 소세키 전집(이와나미쇼텐, 1917)

소세키 산방 서재에서(1907). 소세키는 이곳에서 『우미인초』, 『산시로』, 『마음』 등을 집필했다.

도쿄제국대학 강사 시절. 졸업생과 함께(1906)

다섯 살 무렵의 소세키(1872)

도쿄제국대학 재학
시절의 소세키(1892)

1889년 발매된 마사오카 시키의 시문집《나나쿠사슈》에 비평과 함께
9편의 칠언절구 시를 덧붙이면서 처음으로 '소세키'라는 호를 사용한다.

소세키가 『나는 고양이로소이다』와 『도련님』을 집필한 집(1903~1906년 거주)

소세키는 슬하에 2남 5녀를
두었다.(1915)

두 아들과 소세키(1914)

소세키 산방의 서재 모습(1917)

소세키 산방에서(1912)

소세키가 애용한 문방구와 특별히
디자인한 원고용지 판목

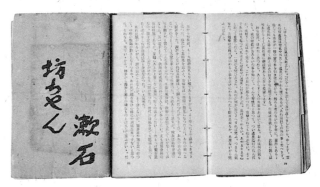

『도련님』 수제본 책(1919)

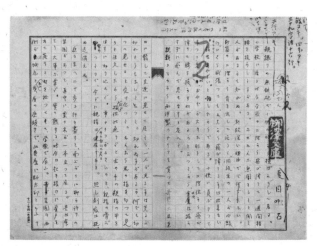

『도련님』 자필 원고

마쓰야마에서 소세키가 살던 집(1895). 도쿄고등사범학교의 영어교사를 사직하고
마쓰야마 중학교 영어교사로 부임한다. 이곳에서의 경험은『도련님』의 소재가 되었다.

『도련님』에 등장하는
도고 온천의 풍경(1984)

『도련님』에 등장하는
열차(1930)

소세키가 그린 그림과 하이쿠

차례

1

부모에게서 물려받은 앞뒤 가리지 않는 성격 때문에 어렸을 때부터 나는 손해만 봐왔다. 초등학교 다닐 때는 학교 2층에서 뛰어내리다 허리를 삐는 바람에 일주일쯤 일어나지 못한 적도 있다. 왜 그런 무모한 짓을 했느냐고 묻는 사람이 있을지도 모르겠다. 특별한 이유가 있었던 것은 아니다. 새로 지은 교사 2층에서 머리를 내밀고 있었더니 같은 반의 한 친구가 농담으로 놀려댔기 때문이다.

"아무리 으스댄다고 해도 거기서 뛰어내리지는 못할걸. 이 겁쟁이야!"

학교 사환에게 업혀 집으로 돌아오자 아버지가 부릅뜬 눈으로 호통을 쳤다.

"겨우 2층에서 뛰어내리다 허리를 삐는 놈이 어디 있어!"

"다음에는 허리를 삐지 않고 뛰어내리는 걸 보여드릴게요."

나는 이렇게 대답했다.

친척에게 선물로 받은 외제 칼의 멋진 칼날을 햇빛에 비추며 친구들에게 보여주었더니 한 아이가 말했다.

"빛나기는 한데 잘 안 들 것 같은데."

"안 들기는. 뭐든지 자를 수 있어."

나는 이렇게 자신했다. 그러자 그 친구가 주문했다.

"그럼 네 손가락 좀 잘라봐."

"뭐야, 고작 손가락이야, 잘 보라고."

나는 오른손 엄지손가락 등을 칼로 비스듬히 깊이 벴다. 다행히 작은 칼이었고 엄지손가락 뼈가 단단했기에 엄지손가락은 지금도 손에 붙어 있다. 하지만 그 흉터는 죽을 때까지 없어지지 않을 것이다.

마당에서 동쪽으로 스무 걸음쯤 가면 남쪽 끝에 손바닥만 한 채소밭이 있고, 그 한가운데에 밤나무 한 그루가 서 있다. 이 나무는 내 목숨보다 소중한 밤나무다. 밤나무에 아람이 들 무렵이면 나는 일어나기 무섭게 뒷문으로 달려가 떨어진 알밤을 주워 와 학교에서 먹었다. 채소밭 서쪽이 야마시로야라는 전당포의 마당으로 이어져 있고, 이 전당포집에는 간타로라는 열서너 살짜리 아들이 있었다. 간타로는 물론 겁쟁이다. 겁쟁이 주제에 격자 모양의 대울타리를 넘어 밤을 훔치러 온다. 어느 날 저녁 나는 접이문 뒤에 숨어 있다가 마침내 간타로를 붙잡았다. 그때 간타로는 빠져나갈 길이 없자 기를 쓰고 달려들었다. 간타로는 나보다 두 살 많다. 겁쟁이긴 해도 힘은 세다. 납작하고 큰 머리통을 내 가슴팍에 들이대고 팍팍 밀어붙이는 바람에 그의 머리통이 내 가슴 안쪽을 통해 기모노의 헐렁한 소매 속으로 쏙 들어가버렸다. 방해가 되어 손을 쓸 수 없어서 팔을 마구 흔들었더니 소매 속에 들어 있는 간타로의 머리가 좌우로 덜렁덜렁 흔들렸다. 끝내는 고통스러워하며 소매 속에서 내 위팔을 물고 늘어졌다. 너무 아파 간타로를 대울타리 쪽으로 밀어붙이며 다리를 걸어 대울타리 너머로 넘어뜨렸다. 야마시로야의 마당은 채소밭보다 2미터쯤 낮다. 간타로는 격자 모양 대울타리를 반쯤 망가뜨리며 자기 집 울안에 거꾸로 떨어져 끽소리를 냈다. 간타로가 떨어질 때 내 한쪽 옷소매도 같이 뜯겨나가 마침내 팔이 자유로워졌다. 그날 밤 야마시로야에 용서를 빌러간 어머니는 한쪽 소매도 찾아왔다.

그밖에도 장난이라면 어지간히 쳤다. 목수네 가네라는 녀석과 생선가게의 가쿠를 데리고 모사쿠네 당근 밭을 망쳐놓은 일이 있었다. 당근 싹이 다 나오지 않은 곳에 온통 짚이 덮여 있었기 때문에 그 위에서 한나절을 셋이서 스모를 했더니 당근이 몽땅 짓뭉개져버렸다.

후루카와네 논에 물을 대는 구멍을 막았다가 그 뒤처리를 하느라 곤욕을 치른 적도 있다. 굵은 맹종죽의 마디를 뚫어 땅속 깊이 찔러놓으면 그 대나무 통으로 물이 솟아나와 근처 논에 물을 댈 수 있도록 한 장치였다. 그때는 무슨 장치인지도 모르고 돌이나 막대기를 대나무 통에 찔러 넣어 물이 나오지 않는 걸 확인하고 집으로 돌아가 밥을 먹고 있었더니 후루카와가 시뻘건 얼굴로 고함을 지르며 달려왔다. 아마 변상을 하고 일을 수습했을 것이다.

아버지는 눈곱만큼도 나를 귀여워해주지 않았다. 어머니는 형만 두둔했다. 형은 얼굴이 유난히 하얘서 여자 역을 하는 가부키 배우 흉내 내기를 좋아했다. 아버지는 나를 볼 때마다 "어차피 제대로 되긴 틀렸어"하고 말했다. 앞뒤 생각 없이 굴어 앞날이 걱정이라고 어머니는 말했다. 역시 제대로 되진 않았다. 보시는 대로 요 모양이다. 앞날이 걱정된다는 것도 무리는 아니다. 그저 형무소에 가지 않고 살고 있을 뿐이다.

어머니가 병으로 돌아가시기 2, 3일 전, 부엌에서 공중제비를 넘다가 그만 부뚜막 모서리에 갈비뼈를 부딪쳤는데 무척 아팠다. 어머니가 몹시 화를 내며 이렇게 말했다.

"너 같은 놈은 이제 꼴도 보기 싫다."

그래서 친척집에 가 있었다. 그런데 어머니가 돌아가셨다는 연락이 왔다. 그렇게 빨리 돌아가실 줄은 몰랐다.

그렇게 중병이었다면 좀 더 얌전하게 굴 걸 그랬다는 생각을 하며 돌아왔다. 그랬더니 형이 나를 보고 불효자라고, 나 때문에 어머니가 빨리 돌아가신 거라고 했다. 나는 분해서 형의 따귀를 때렸다가 심한 꾸중을 들었다.

어머니가 돌아가신 뒤로는 아버지, 형, 나 이렇게 셋이서 살았다. 아버지는 아무 일도 하지 않는 사내로, 내 얼굴만 보면 "네놈은 틀려먹었어! 네놈은 틀려먹었어!"라고 입버릇처럼 말했다. 뭐가 틀려먹었다는 것인지 아직도 모르겠다. 이상한 아버지도 다 있다. 형은 사업가가 된다면서 열심히 영어 공부를 하고 있었다. 원래 계집애 같은 성격에다 교활해서 나와는 사이가 좋지 않았다. 열흘에 한 번꼴로 싸움을 했다. 어느 날 장기를 두는데 비겁하게 외통수로 몰아놓고 쩔쩔매는 나를 재미있다는 듯이 놀려댔다. 나는 울컥 화가 치밀어 손에 쥐고 있던 차(車)를 형의 미간을 향해 내던졌다. 미간이 터져 살짝 피가 났다. 형이 아버지에게 고자질을 했다. 아버지는 나와 의절하겠다는 말을 꺼냈다.

그때는 이제 어쩔 수 없다며 체념하고 아버지의 말씀대로 의절당할 각오를 하고 있었는데, 지난 10년간 집안일을 해온 기요라는 하녀가 울면서 아버지에게 빌어 간신히 아버지의 노여움이 풀렸다. 그런데도 나는 아버지를 그다지 무서워하지 않았다. 오히려 기요라는 하녀가 딱했다. 이 하녀는 원래 지체 있는 가문 사람이었다고 하는데, 막부[1]가 와해될 때 영락하여 결국 남의집살이까지 하게 되었다고 한다. 그래서 할멈이다. 무슨 이유에선지 이 할멈이 나를 끔찍이 귀여워해주었다. 신기한 일이다. 어머니도 돌아가시기 사흘 전에 나에게 정나미가 떨어졌다. 아버지도 일 년 내내 나를 처치 곤란해했다. 동네에서는 난폭자 악동이라고 손가락질했다. 이런 나를 무턱대고 귀히 여겨주었다. 나는 도저히 다른 사람들이 좋아할 만한 사람이 아니라고 스스로 포기하고 있었기에 남들이 천덕꾸러기로 취급해도 아무렇지 않았다. 오히려 기요처럼 애지중지해주는 걸 의아하게 생각했다. 기요는 가끔 부엌에서 아무도 없을 때 "도련님은 올곧고 고운 성품을 지녔어요" 하며 나를 칭찬해주곤 했다. 하지만 나는 기요의 말을 이해할 수 없었다. 고운 성품이라면 기요뿐만 아니라 다른 사람들도 나에게 잘해줄 것이라 생각했다. 기요가 그런 말을 할 때마다 나는 입에 발린 말은 싫다고 대답하는 것이 상례였다. 그러면 할멈은, 그러니 고운 성품인 거라며 기쁜 듯이 내 얼굴을 바라보았다. 자신의 힘으로 나를 만들어냈다며 자랑스러워하는 것처럼 보인다. 살짝 기분이 언짢았다.

어머니가 돌아가신 뒤부터 기요는 더욱더 나를 애지중지했다. 가끔은 어린 마음에도 왜 그렇게 귀여워하는지 수상하게 생각했다. 달갑지 않아, 그냥 내버려두면 좋을 텐데, 하고 생각했다. 딱하다고도 생각했다. 그래도 기요는 나를 귀여워한다. 이따금 자기 돈으로 긴쓰바[2]와 매화 모양의 과자를 사준다. 추운 겨울밤이면 몰래 메밀가루를 사

---

1 도쿠가와 이에야스(德川家康)가 에도에 수립한 막부(幕府)를 말한다.
2 밀가루 반죽을 얇게 펴서 팥소를 넣고 둥글거나 네모난 모양으로 납작하게 구운 과자.

두었다가 어느 틈엔가 자고 있는 내 머리맡으로 메밀묵을 가져온다. 때로는 냄비우동까지 사주었다. 단지 먹을거리만이 아니었다. 양말도 받았다. 연필도 받았다. 공책도 받았다. 훨씬 나중의 일이지만 돈을 3엔이나 빌려준 일도 있다. 특별히 빌려달라고 한 것이 아니다. 그냥 방으로 가져와서는 "용돈이 없어 궁하지요, 쓰세요" 하며 주었던 것이다. 나는 물론 필요 없다고 했지만 꼭 쓰라고 해서 받아두었다. 사실은 무척 기뻤다. 그 3엔을 똑딱이 지갑에 넣고 그 지갑을 품에 넣은 채 변소에 갔는데 그만 변소에 툭 빠뜨리고 말았다. 하는 수 없이 어슬렁어슬렁 나와 기요에게 사정을 얘기했더니, 그녀는 당장 대나무 막대기를 찾아와서는 건져주겠다고 했다. 잠시 후 우물가에서 쫘악쫘악 하는 물소리가 들려 나가봤더니 대나무 끝에 똑딱이 지갑 끈을 건 채 물로 씻고 있었다. 그러고 나서 지갑을 열고 1엔짜리 지폐를 살펴보니 갈색으로 변했고 무늬가 지워져 있었다. 기요는 그 돈을 화롯불에 말리더니 "이제 됐지요" 하고 내 앞으로 내밀었다. 잠깐 냄새를 맡아보고 "아, 구려" 했더니 "그럼, 이리 줘보세요, 바꿔다 드릴 테니" 하고는 어디서 어떻게 바꿨는지 지폐 대신 은화로 3엔을 가져왔다. 그 3엔을 어디에 썼는지는 잊어버리고 말았다. 곧 갚겠다는 말만 하고 아직도 갚지 않았다. 이제는 열 배로 갚으려고 해도 갚을 길이 없다.

기요는 꼭 아버지나 형이 집에 없을 때만 나에게 뭔가를 주었다. 내가 가장 싫어하는 것은, 사람들 눈을 속여가며 나만 덕을 보는 일이다. 물론 형과는 사이가 좋지 않았지만 형 몰래 기요가 주는 과자나 색연필을 받고 싶지는 않았다.

"왜 나한테만 주고, 형한테는 안 주는 거야?"

기요에게 이렇게 물은 적이 있다. 그러자 기요는 시치미를 뚝 떼고 대답했다.

"형은 아버님이 사다주시니까 괜찮아요."

이건 불공평한 일이다. 아버지는 완고하지만 그렇게까지 편애할 사람은 아니다. 하지만 기요의 눈으로 보면 그렇게 보이는 모양이다. 완전히 사랑에 빠져 있음에 틀림없다. 원래 지체 있는 가문 사람이라 하더라도 교육을 받지 못한 할멈이라 어쩔 수가 없다. 단지 이것만이 아니다. 호의적인 눈은 무서운 것이다. 기요는 내가 장래에 출세하여 홀륭한 사람이 될 거라 굳게 믿고 있다. 그런데 공부를 하는 형은 얼굴만 허여멀거니 아무짝에도 쓸모가 없을 거라고 혼자 단정 짓고 있었다. 이런 할멈이고 보니 당해낼 재간이 없다. 자신이 좋아하는 사람은 반드시 홀륭한 사람이 되고, 싫어하는 사람은 반드시 영락할 거라 믿고 있다. 나는 그때부터 특별히 뭐가 되겠다는 생각도 없었다. 하지만 기요가 "될 거다, 될 거다" 하는 바람에 역시 뭔가 될 수 있을 거라고 생각하고 있었다. 지금 생각하면 참 바보스럽다. 어느 날엔가는 기요에게 "어떤 사람이 될까?" 하고 물어본 적이 있다. 그런데 기요에게도 특별한 생각은 없었던 모양이다.

"틀림없이 자가용 인력거를 타고 근사한 현관이 있는 집을 마련할 거예요."

게다가 기요는 내가 집이라도 장만하여 독립한다면 같이 지낼 생각도 하고 있었다.

그러면서 제발 같이 있게 해달라고 몇 번이고 거듭 부탁했다. 나도 왠지 집을 장만하게 될 것 같은 생각이 들어, "응, 있게 해줄게" 하고 대답은 해두었다. 그런데 이 여자는 꽤 상상력이 좋아서 자기 멋대로 세운 계획을 혼자 늘어놓았다.

"도련님은 어디가 좋으세요? 고지마치인가요, 아자부인가요? 마당
에는 그네를 놓으세요. 그리고 응접실은 하나면 충분할 거예요."

그때는 집을 갖고 싶다는 생각 같은 건 없었다. 양옥이든 일본식 집
이든 전혀 필요하지 않았으니 그런 건 갖고 싶지 않다고 대답했다. 그
러면 또 "도련님은 욕심이 없고 고운 심성을 가졌어요" 하며 칭찬해주
었다. 기요는 내가 무슨 말을 하든 칭찬해준다.

어머니가 돌아가시고 5, 6년은 이렇게 살았다. 아버지에게는 꾸중
을 듣는다. 형과는 싸움을 한다. 기요에게는 과자를 받고 때로는 칭찬
을 받는다. 특별히 바라는 것도 없고, 이것으로 족하다고 생각하고 있
었다. 다른 아이들도 다들 그럴 거라 생각했다. 다만 기요가 툭하면,
도련님이 가엾다, 불행하다, 고 말하는 바람에 그럼 가엾고 불행한 모
양이라고 생각했다. 그밖에 마음에 걸리는 일은 하나도 없었다. 다만
아버지가 용돈을 주지 않는 데는 두 손 들었다.

어머니가 돌아가신 지 6년째 되는 해 정월에 아버지도 뇌졸중으
로 세상을 떠났다. 그해 4월 나는 어느 사립 중학교를 졸업했다. 형은
6월에 상업학교를 졸업했다. 형은 어떤 회사의 규슈 지점에 자리가
나 떠나야 했다. 나는 도쿄에서 계속 공부를 해야 했다. 형은 집을 팔
아 재산을 정리하고 임지로 떠나겠다고 했다. 나는 마음대로 하라고
했다. 어차피 형 신세를 질 생각은 없었다. 돌봐준다고 해봤자 싸우게
될 거고, 그러면 형도 무슨 말인가 할 게 뻔하다. 섣불리 보호를 받는
다면 그런 형에게 고개를 숙여야 한다. 우유 배달을 해서라도 먹고살
겠다고 각오했다. 얼마 후 형은 고물상을 불러와 조상 대대로 물려받
은 잡동사니를 헐값에 팔아치웠다. 집은 어떤 사람의 주선으로 어느
갑부에게 넘겼다. 상당한 돈을 받은 모양이지만 자세한 내용은 전혀

모른다. 나는 한 달 전부터 앞날이 결정될 때까지 한동안 간다의 오가와마치에서 하숙을 하고 있었다. 기요는 십수 년을 살았던 집이 남의 손에 넘어가는 것을 몹시 안타까워했지만, 자신의 집이 아니니 어쩔 수 없었다.

"도련님이 조금만 더 나이가 많았어도 이 집을 상속받을 수 있었을 텐데."

기요는 자꾸만 이렇게 하소연했다. 좀 더 나이를 먹어 상속받을 수 있는 거라면 지금도 상속받을 수 있을 것이다. 할멈은 아무것도 모르니 좀 더 나이가 들었다면 형의 집을 상속받을 수 있었을 거라고 믿고 있었다.

형과 나는 이렇게 헤어졌는데, 문제는 기요였다. 물론 형은 데리고 갈 처지가 못 되고, 기요도 형의 꽁무니를 쫓아 규슈까지 갈 생각은 추호도 없었다. 그런데 이때의 나는 다다미 네 장 반짜리 싸구려 하숙방에 틀어박혀 있었고, 그것도 여차하면 당장 비워줘야 할 처지였다. 어떻게 해볼 도리가 없어, 기요에게 물어보았다.

"어디 남의집살이라도 할 생각이야?"

그러자 기요는 겨우 결심이 선 듯 대답했다.

"도련님이 집을 장만하고 장가드실 때까지는 어쩔 수 없으니 조카 신세를 져야지요."

기요의 조카는 법원 서기여서 일단 지금은 별 지장 없이 살고 있었고, 전부터 기요에게 함께 살자고 두세 번 권한 터였다. 하지만 기요는 비록 식모살이일망정 그동안 살아온 정든 집이 더 좋다면서 응하지 않았다. 하지만 지금은 낯선 집에 새로 들어가 쓸데없이 마음을 쓰는 것보다 조카 신세를 지는 편이 낫다고 생각한 모양이었다. 그러면서도 기요는 나에게 빨리 집을 장만하라느니, 장가를 가라느니, 그때는 가서 도와주겠다느니 하는 말을 했다. 혈육인 조카보다 생판 남인 내가 더 좋은 모양이다.

형은 규슈로 떠나기 이틀 전 하숙집으로 찾아와 6백 엔을 내놓으며 이 돈으로 장사 밑천을 하든지, 학비로 쓰든지 마음대로 하라고 했다. 그 대신 앞으로는 상관하지 않겠다고 했다. 형치고는 기특한 방식이다. 이까짓 6백 엔쯤 받지 않아도 곤란하지 않다는 생각은 했지만, 여느 때와 다른 형의 담백한 처리가 마음에 들어 고맙다고 하고 받아두었다. 그러고 나서 형이 따로 50엔을 내놓으며 가는 길에 기요에게 전해달라고 하기에 두말없이 받았다. 이틀 후 신바시 정거장에서 형과 헤어진 뒤로 한 번도 만나지 못했다.

나는 드러누워 6백 엔을 어디에 쓸지 곰곰이 생각했다. 장사를 한다고 해도 귀찮기만 하고, 잘해나갈 것 같지도 않다. 게다가 6백 엔을 가지고 장사다운 장사는 어림도 없을 것이다. 설령 할 수 있다고 해도 지금의 나로서는 남들 앞에서 교육을 받았다고 행세할 수도 없으니 결국 손해만 볼 것이다. 자본이야 아무래도 좋으니, 이걸 학비로 해서 공부를 하기로 하자. 6백 엔을 3등분하여 1년에 2백 엔씩 사용한다면 3년은 공부할 수 있다. 3년간 열심히 한다면 뭔가 할 수 있을 것이다. 그다음에는 어느 학교에 들어갈지 생각했지만, 공부라면 뭐가 됐든 좋아하지 않는다. 더구나 어학이나 문학 같은 것은 정말 질색이다. 신체시 같은 것은 스무 행 중에서 한 행도 모른다. 어차피 싫어하는 거라면 뭘 하든 마찬가지일 거라는 생각을 하고 있었는데, 마침 물리학교 앞을 지나다가 학생 모집 광고가 붙어 있는 것을 보고 이것도 인연이다 싶어 지원서를 받아 바로 입학 수속을 해버렸다. 지금 생각하면 이것도 부모에게서 물려받은 앞뒤 가리지 않는 성격 탓에 일어난 실수였다.

그럭저럭 3년간 남들만큼 공부는 했지만, 워낙 소질이 없는 터라 석차는 항상 뒤에서 헤아리는 게 빨랐다. 그런데 신기하게도 3년이 지나자 마침내 졸업을 했다. 스스로도 의아하다고 생각했지만, 그렇다고 불평을 할 수도 없는 일이라 일단 얌전히 졸업은 해두었다.

졸업한 지 8일 만에 교장이 찾는다기에 무슨 일인가 싶어 찾아가보았다.

"시코쿠 근방에 있는 중학교에서 수학 교사를 구한다네. 월급이 40엔인데 가보는 게 어떻겠나?"

나는 3년간 공부는 했지만 사실 교사가 될 생각도, 시골로 갈 마음도 전혀 없었다. 하지만 교사 말고 달리 뭘 해보겠다는 생각도 없었기에 그 제안을 들었을 때 그 자리에서 바로 "가겠습니다" 하고 승낙해버렸다. 이것도 부모에게서 물려받은 앞뒤 가리지 않는 성격 탓이었다.

승낙을 한 이상 부임하지 않으면 안 된다. 지난 3년간 다다미 네 장 반짜리 하숙방에 칩거하며 잔소리는 단 한 번도 들은 적이 없다. 싸움도 하지 않고 지냈다. 내 평생에서 보면 비교적 만사태평한 시절이었다. 하지만 이렇게 되면 다다미 네 장 반짜리 하숙방도 떠나지 않으면 안 된다. 태어나서 도쿄를 벗어나본 것은 동급생과 함께 가마쿠라로 소풍을 갔을 때뿐이다. 이번에는 가마쿠라 정도가 아니다. 훨씬 멀리 가야 한다. 지도를 보니 바닷가에 바늘 끝만큼 작게 표시된 곳이다. 아무튼 변변한 곳은 아닐 것이다. 어떤 곳이고 어떤 사람들이 사는지 통 아는 바가 없다. 몰라도 난처하지 않다. 걱정도 되지 않는다. 그저 갈 뿐이다. 그렇지만 다소 성가시기는 했다.

집이 처분된 뒤에도 가끔 기요에게 들렀다. 기요의 조카라는 사람은 의외로 괜찮은 사람이었다. 내가 갈 때마다 집에 있을 때는 이것저것 대접해주었다. 기요는 내 앞에서 조카에게 이런저런 내 자랑을 늘어놓았다. 머지않아 학교를 졸업하면 고지마치 근처에 집을 사고 관청에 다니게 될 거라는 자랑을 한 적도 있다. 혼자 정하고 혼자 떠벌리기 때문에 나는 민망해서 얼굴이 붉어졌다. 그것도 한두 번이 아니다. 이따금 내가 어렸을 때 자다가 요에 지도를 그린 일까지 꺼내는 데는 두 손 들고 말았다. 기요의 조카는 무슨 생각을 하며 그 자랑을 듣고 있었는지 알 수 없다. 다만 기요는 옛날 여자라서 자신과 나의 관계를 봉건 시대의 주종관계처럼 생각하고 있었다. 자신의 주인이라면 당연히 조카에게도 주인이라고 생각했던 모양이다. 조카만 우스운 꼴이 되고 말았다.

드디어 출발할 날이 정해지고, 떠나기 사흘 전에 기요를 찾아갔더니 감기에 걸려 북향의 다다미 세 장짜리 방에 누워 있었다. 내가 찾아온 것을 보고 자리에서 일어나기가 무섭게 물었다.

"도련님, 언제 집을 장만하시나요?"

졸업만 하면 돈이 호주머니 안에서 저절로 나오는 줄 알고 있다. 그렇게 대단한 사람을 아직도 도련님이라 부르는 것은 더더욱 어처구니없다. 나는 간단히 대답했다.

"당분간 집을 장만하지 않을 거야. 시골로 가게 됐어."

그랬더니 몹시 실망한 표정으로 희끗희끗한 채 흐트러진 귀밑머리만 자꾸 쓰다듬었다. 안쓰러운 마음에 위로해줄 요량으로 이렇게 말했다.

"가긴 하지만 금방 돌아올 거야. 내년 여름방학에는 반드시 돌아올

게."

그래도 이상한 표정을 짓고 있기에 물어봤다.

"선물을 사올 생각인데, 뭐가 좋아?"

"조릿대 잎으로 싼 에치고의 사탕이 먹고 싶어요."

조릿대 잎으로 싼 에치고의 사탕이라니, 들어본 적도 없다. 그리고 무엇보다 방향이 다르다.

"내가 가는 시골에는 에치고의 사탕이 없을 것 같은데."

"어느 방향인데요?"

"서쪽."

"하코네 가기 전인가요, 너먼가요?"

몹시 난감했다.

출발하는 날, 기요는 아침부터 와서 여러 가지로 애를 써주었다. 오는 길에 잡화상에서 사온 칫솔과 이쑤시개와 수건을 천가방에 넣어주었다. 그런 건 필요 없다고 해도 막무가내였다. 나란히 인력거로 역에 도착하여 플랫폼으로 나갔을 때 기요는 기차에 오른 내 얼굴을 지그시 바라보며 나직한 소리로 말했다.

"이게 마지막이 될지도 모르겠네요. 부디 몸조심하세요."

눈에는 눈물이 그렁그렁했다. 나는 울지 않았다. 하지만 하마터면 울 뻔했다. 기차가 어느 정도 움직이고 나서, 이젠 괜찮겠지, 하고 창밖으로 고개를 내밀고 돌아보니, 아니나 다를까 기요는 여전히 그 자리에 서 있었다. 어쩐지 무척 작아 보였다.

2

부우앙, 하는 뱃고동 소리와 함께 기선이 멈추자 거룻배가 선착장을 떠나 노를 저어왔다. 뱃사공은 벌거벗은 몸에 빨간 훈도시로 겨우 음부만 가리고 있었다. 야만스러운 곳이다. 하기야 이 더위에 옷을 걸칠 수는 없을 것이다. 햇빛이 강렬하여 수면이 유난히 반짝인다. 바라보기만 해도 눈앞이 아찔하다. 승무원에게 물어보니 나는 여기서 내려야 한다고 한다. 보기에는 오모리[1]쯤 되어 보이는 조그마한 어촌이다. 사람을 어떻게 보고 이런 데서 살라는 거지, 하고 생각했으나 어쩔 수 없는 일이다. 맨 먼저 기세 좋게 거룻배로 뛰어내렸다. 이어서 대여섯 명이 탔을 것이다. 그밖에 큼직한 상자를 네 개쯤 실은 빨간 훈도시는 노를 저어 선착장으로 돌아갔다. 육지에 도착했을 때 제일 먼저 뛰어내린 나는 해안가에 서 있던 코흘리개를 붙잡고 다짜고짜 중학교가 어디냐고 물었다.

"모르것는디유우."

1 현재의 도쿄 오타 구에 위치한 작은 어촌.

코흘리개는 멍하니 대답했다. 멍청한 촌놈이다. 손바닥만 한 동네에서 중학교가 어디 있는지도 모르는 놈이 있다니. 그때 마침 희한한 통소매 옷을 입은 사내가 이쪽으로 오라고 해서 따라갔더니 미나토야라는 여관으로 데려갔다. 요상한 여자들이 입을 모아 "어서 오세요" 하고 인사를 해 들어가기 싫어졌다. 문간에 선 채 중학교가 어디 있는지 가르쳐달라고 했더니 중학교는 여기서 기차로 8킬로미터쯤 가야 한다고 해서 들어가기가 더욱 싫어졌다. 나는 통소매 옷을 입은 사내에게서 내 가방 두 개를 다시 빼앗아 들고는 어슬렁어슬렁 걷기 시작했다. 여관 사람들은 이상한 표정을 짓고 있었다.

기차역은 금방 찾을 수 있었다. 표도 수월하게 구했다. 기차에 올라보니 마치 성냥갑 같았다. 덜컹덜컹 5분쯤 갔나 싶었는데 벌써 내려야 했다. 어쩐지 기차 삯이 싸다 싶었다. 고작 3전이었다. 그리고는 인력거를 불러 중학교로 갔더니 이미 방과 후라 아무도 없었다. 숙직하는 선생은 잠깐 볼일이 있어 나갔다고 사환이 알려주었다. 어지간히 태평한 숙직도 다 있다. 교장 선생님이라도 찾아뵐까 싶었지만 너무 피곤해서 인력거를 타고 가까운 여관으로 데려다달라고 했다. 인력거 꾼은 기세 좋게 달려 야마시로야라는 여관 앞에 멈췄다. 야마시로야는 전당포를 하는 간타로네 가게와 이름이 같아서 좀 묘한 기분이 들었다.

어쩐 일인지 몰라도 여관의 하녀가 나를 2층 계단 밑의 어두컴컴한 방으로 안내했다. 더워서 있을 수가 없었다. 이런 방은 싫다고 하자, 공교롭게도 빈방이 없다면서 내 가방을 방 안에 내팽개친 채 나가버렸다. 하는 수 없이 방으로 들어가 땀을 뻘뻘 흘리며 견디고 있었다. 잠시 후 목욕을 하라고 해서 욕탕에 풍덩 뛰어들었다가 금방 나왔다.

방으로 돌아가면서 기웃기웃해보니 시원해 보이는 빈방이 많았다. 괘씸한 자들 같으니. 거짓말을 한 것이다. 잠시 후 하녀가 밥상을 들여왔다. 방은 더웠지만 밥은 하숙집보다 훨씬 맛있었다. 식사 시중을 들면서 하녀가 어디에서 왔냐고 묻기에 도쿄에서 왔다고 대답했다. 그러자 "도쿄는 좋은 곳이지요?" 하고 물어서 당연하다고 대답해주었다. 밥상을 물린 하녀가 부엌으로 갔을 때쯤 커다란 웃음소리가 들렸다. 같잖아서 바로 누웠지만, 좀처럼 잠이 오지 않았다. 더워서만은 아니다. 너무 시끄럽다. 하숙집보다 다섯 배는 소란스럽다. 꾸벅꾸벅 졸다가 기요 꿈을 꾸었다. 기요가 에치고의 사탕을 조릿대 잎째 우적우적 씹어 먹고 있었다. 조릿대 잎은 해로우니까 먹지 않는 게 좋을 거라고 했더니, "아니에요. 이 조릿대 잎이 약이에요" 하면서 맛있게 먹었다. 어이가 없어서 입을 크게 벌리고 하하하하 하고 웃다가 잠에서 깨어났다. 하녀가 덧문을 열고 있었다. 여전히 구름 한 점 없이 화창한 날씨였다.

여행을 하다가 여관에 묵을 때는 행하(行下)[2]를 줘야 한다고 들었다. 행하를 주지 않으면 푸대접을 받는단다. 이런 비좁고 어둑한 방에 나를 밀어 넣은 것도 행하를 주지 않은 탓인지도 모른다. 초라한 행색에다 천가방과 싸구려 박쥐우산을 들었기 때문일 것이다. 촌놈들 주제에 사람을 얕보았단 말이지. 어디 한 번 행하를 두둑이 줘서 놀라게 해주지. 이래 봬도 나는 학비로 쓰고 남은 돈 30엔을 품에 넣고 도쿄를 떠나왔다. 기차와 뱃삯과 잡비를 제하고도 아직 14엔쯤 남아 있다. 앞으로 월급을 받을 테니 다 행하로 준다고 해도 상관없다. 촌사람들은 쩨쩨하니 5엔만 주면 놀라자빠질 게 뻔하다. 어떻게 하는지 한번

2 심부름을 하거나 시중을 드는 사람에게 주는 돈이나 물건.

보자며 시치미를 떼고 세수를 한 다음 방으로 돌아와 기다리고 있으니 어제 저녁에 왔던 하녀가 밥상을 들고 들어왔다. 쟁반에 받쳐 들고 밥 시중을 들면서 이상하리만치 히죽거리고 있다. 정말 무례한 여자다. 내 얼굴에 뭐가 묻은 것도 아닐 거고. 이래 봬도 이 하녀의 낯짝보다는 내가 훨씬 낫지. 식사를 마치고 주려고 했으나 부아가 나서 도중에 5엔짜리 지폐 한 장을 꺼내, 나중에 이걸 계산대에 갖다주라고 했더니 하녀는 이상한 표정을 지었다. 밥을 다 먹은 후 곧바로 학교로 갔다. 구두는 닦여 있지 않았다.

학교는 어제 인력거를 타고 가봐서 위치는 대략 알고 있었다. 사거리를 두세 번 돌자 바로 교문이 나왔다. 교문에서 현관까지는 화강암이 깔려 있다. 어제 이 위를 인력거로 지날 때는 덜커덩거리는 소리가 어찌나 크던지 좀 난처했다. 가는 도중에 두꺼운 무명 직물로 만든 교복을 입은 학생들을 많이 만났는데, 모두 이 교문으로 들어갔다. 그중에는 나보다 키가 크고 힘이 셀 것 같은 학생도 있었다. 저런 녀석들을 가르치는구나 생각하니 어쩐지 꺼림칙한 기분이 들었다. 명함을 내밀었더니 교장실로 안내했다. 교장 선생님은 듬성듬성 수염이 났으며 까무잡잡한 얼굴에 눈이 커다란 너구리 같은 인상의 남자였다. 무척 거드름을 피우고 있었다. 아무쪼록 열심히 일해달라고 말하며 커다란 도장이 찍힌 임명장을 정중하게 내밀었다. 이 임명장은 도쿄로 돌아갈 때 구겨 바다에 던져버렸다. 교장은 이제 교직원들에게 소개해줄 테니 그 사람들한테 일일이 임명장을 보여주라고 했다. 쓸데없는 수고다. 그런 번거로운 일을 할 바에는 차라리 임명장을 한 사흘쯤 교무실에 붙여놓는 게 나을 것이다.

교사들이 교무실에 모이려면 첫 수업이 끝나는 나팔이 울려야 한다. 시간이 꽤 남았다. 교장은 시계를 꺼내 보더니, 차차 편하게 이야기할 생각이지만 우선 대강의 형편을 알고 있으라고 한 다음 교육 정신에 대해 장광설을 늘어놓았다. 나는 물론 적당히 듣고 있었는데, 듣다 보니 아주 엉뚱한 곳에 왔다는 생각이 들었다. 교장의 말대로는 도저히 할 수 없을 것 같았다. 나같이 앞뒤 가리지 않는 무모한 사람에게 학생의 모범이 되라는 등 학교의 사표(師表)로서 존경받지 않으면 안 된다는 등 학문 이외에 덕으로 학생들을 교화하지 못하면 교육자가 될 수 없다는 등 터무니없는 주문을 마구 해댔다. 그렇게 훌륭한 사람이 월급 40엔을 받고 이렇게 먼 촌구석까지 올 리 만무하지 않은가. 인간이란 대개 비슷하다. 누구든 화가 나면 싸움 정도는 할 수 있다고 생각하고 있었는데, 이런 분위기라면 함부로 입도 놀릴 수 없고 나다닐 수도 없지 않겠는가. 그렇게 어려운 역할이라면 채용하기 전에 이러저러하다고 미리 알려주었어야지. 나는 거짓말하는 걸 싫어하기 때문에, 어쩔 수 없지, 속아서 온 거라며 포기하고 이쯤에서 과감하게 거절하고 돌아가자고 생각했다. 여관에 5엔을 주었으니 지갑에는 9엔 남짓밖에 없었다. 9엔으로는 도쿄까지 갈 수 없다. 행하 같은 건 주지 말았어야 했다. 쓸데없는 짓을 했다. 하지만 9엔으로 어떻게 해볼 수 없는 것도 아니다. 여비는 부족하지만 거짓말하는 것보다는 낫다고 생각하며 말했다.

"교장 선생님 말씀대로는 도저히 할 수 없습니다. 임명장을 반납하겠습니다."

교장은 너구리 같은 눈을 자꾸 깜박거리며 내 눈을 들여다보았다.

"지금 한 말은 그저 희망사항일 뿐입니다. 선생님이 그 희망대로 할 수 없다는 건 잘 알고 있습니다. 그러니 걱정하지 않아도 됩니다."

잠시 후 교장은 이렇게 말하며 웃었다. 그렇게 잘 알고 있다면 처음부터 겁을 주지 말았으면 좋았을 텐데.

그럭저럭하는 사이에 나팔이 울렸다. 갑자기 교실 쪽이 소란스러워졌다. 지금쯤 선생님들도 교무실에 다 모였을 거라고 해서 교장 뒤를 따라 교무실로 들어섰다. 길쭉하고 널찍한 교무실에 다들 책상을 나란히 하고 앉아 있었다. 내가 들어서자 모두 약속이나 한 듯이 일제히 내 얼굴을 쳐다봤다. 무슨 구경거리도 아니고. 나는 교장이 일러준 대로 한 사람 한 사람 앞으로 가서 임명장을 보여주며 인사를 했다. 대개는 의자에서 일어나 허리를 굽힐 뿐이었는데, 세심한 사람은 내가 내민 임명장을 받아들고 일단 한 번 보고 나서 공손하게 돌려주었다. 꼭 삼류 연극을 흉내 내는 것 같았다. 열다섯 번째로 체조 선생 차례가 되었을 때, 같은 일을 수없이 되풀이하려니 약간 짜증이 났다. 상대방은 한 번으로 끝이지만, 나는 같은 동작을 열다섯 번이나 반복했다. 조금은 남의 기분도 생각해줘야 할 게 아닌가.

인사한 사람 중에 교감인 아무개가 있었다. 이 사람은 문학사라고 한다. 문학사라고 하면 대학을 졸업한 사람이니 훌륭한 사람일 것이다. 묘하게 여자처럼 나긋나긋한 목소리의 소유자였다. 가장 놀란 것은 이렇게 무더운 날인데도 플란넬 셔츠를 입고 있다는 사실이다. 천이 얇은 건 틀림없다고 해도 더울 게 뻔하다. 문학사인 만큼 고생스럽기 짝이 없는 복장을 한 셈이다. 게다가 빨간 셔츠라니, 사람들을 바보로 알고 있다. 나중에 들으니 이 남자는 일 년 내내 빨간색 셔츠를 입는다고 한다. 묘한 병도 다 있다. 본인 설명에 따르면 빨간색은 몸에 좋아 건강을 위해 일부러 맞춰 입는다고 한다. 쓸데없는 걱정이다. 이왕 그럴 바엔 기모노나 하카마[3]도 빨간색으로 하고 싶다. 그리고 고가라는 이름의 영어 선생이 있는데, 안색이 참 안 좋은 사람이다. 얼굴이 창백한 사람은 대개 야윈 경우가 많은데, 이 남자는 창백하면서도 통통했다. 옛날에 초등학교 다닐 때 아사이 다미라는 동급생이 있었는데, 아사이 아버지의 얼굴빛이 이랬다. 아사이의 아버지가 농사꾼이어서, 농사꾼이 되면 그런 얼굴이 되느냐고 기요에게 물었더니 "그렇지 않아요. 그 사람은 끝물호박만 먹어서 창백하고 오동통한 거예요" 하고 가르쳐주었다. 그 뒤로 창백하면서 오동통한 사람을 보면 반드시 끝물호박을 먹은 탓이라고 생각했다. 이 영어 선생도 분명히 끝물호박만 먹고 있을 것이다. 그런데 끝물호박이라는 게 어떤 건지 나는 아직도 모른다. 기요에게 물어본 적이 있는데, 기요는 웃기만 할 뿐 대답해주지 않았다. 아마 기요도 모를 것이다. 그리고 나와 같은 수학 교사인 홋타라는 사람이 있었다. 이 사람은 늠름한 체격에 밤송이머리를 하고 있어 히에이잔의 악승[4]이라 할 만한 상판이었다. 정중하게 임명장을 보여주었더니 아예 거들떠보지도 않고 말했다.

"야아, 자네가 새로 온 사람인가? 나중에 놀러 오게. 아하하하!"

뭐가 아하하하냐. 예의도 모르는 이런 작자한테 누가 놀러 간단 말이냐. 나는 이때부터 이 밤송이에게 산미치광이라는 별명을 붙여주었다.

한문 선생은 역시 견실한 분이다.

"어제 도착해서 피곤할 텐데, 벌써 수업을 시작하다니 정말 열성적이고……"

쉴 새 없이 이렇게 늘어놓는 걸 보면 꽤나 붙임성 좋은 노인네다.

3 기모노 위에 덧입는 주름 폭이 넓은 하의.

4 히에이잔(比叡山)에 있는 엔랴쿠지(延曆寺)에서 세력을 떨치던 승병을 말한다. 일본의 헤이안 시대에서 가마쿠라 시대에 걸쳐 엔랴쿠지는 제어하기 힘든 강대한 권력을 누렸는데, 소속 승려들 또한 무사나 병사와 다를 바 없었다.

미술 선생은 완전히 광대풍이다. 하늘하늘한 비단 하오리⁵를 입고 부채를 접었다 폈다 하면서 말했다.

"고향이 어디시온지? 네? 도쿄라고요? 그거 참 반갑네요, 친구가 생겨서…… 이래 봬도 나도 도쿄 토박이입니다."

이런 자가 도쿄 토박이라면 도쿄에서 태어나고 싶지 않다고 마음속으로 생각했다. 그밖에 한 사람 한 사람에 대해 이런 걸 쓰자면 얼마든지 쓸 수 있다. 하지만 한이 없을 테니 그만둔다.

대충 인사가 끝나자 교장이 오늘은 이만 돌아가도 좋으며, 다만 수업에 관한 사항은 수학 주임과 협의해서 모레부터 수업을 시작해달라고 했다. 수학 주임이 누구냐고 물었더니 바로 산미치광이라고 한다. 재수 없다, 이 작자 밑에서 일을 해야 하다니, 아이고 이런, 하고 나는 낙담했다.

"어이! 자네, 어디에 묵고 있나? 야마시로야가? 음, 나중에 가서 의논하지."

산미치광이는 이렇게 말하고는 분필을 들고 교실로 갔다. 주임이면서 자기가 찾아와서 의논을 하겠다니, 몰상식한 남자다. 하지만 나를 불러내는 것보다는 기특하다.

교문을 나선 나는 곧장 여관으로 돌아갈까 했으나 돌아가봤자 할 일도 없었기에 잠깐 동네나 둘러볼 요량으로 발길 닿는 대로 여기저기 돌아다녔다. 현청도 봤다. 지난 세기의 낡은 건축물이다. 병영도 봤다. 아자부의 연대⁶만 못하다. 번화가도 봤다. 도로 폭은 가구라자카를 절반으로 줄여놓은 정도고, 집들이나 상점들도 그에 미치지 못했다.

5 일본 옷 위에 걸치는 짧은 겉옷.
6 1900년대 초 도쿄 아자부에 육군 제1사단 제3연대가 주둔해 있었다.

25만 석의 봉록을 받던 성시(城市)라더니 대수롭지 않은 곳이었다. 이런 곳에 살면서 성안에 산다며 뻐기는 사람들이 안쓰럽다고 생각하며 걷자니 어느새 야마시로야 앞이었다. 넓어 보였지만 좁았다. 이제 다 둘러본 것 같다. 들어가 밥이라도 먹으려고 문간으로 들어섰다. 계산대에 앉아 있던 안주인이 내 얼굴을 보더니 급히 달려 나와 잘 다녀오셨느냐며 마룻바닥에 코가 닿도록 인사를 했다. 구두를 벗고 들어가자 빈방이 났다면서 하녀가 나를 2층으로 안내했다. 한길에 면한 다다미 열다섯 장짜리의 2층 방으로 커다란 도코노마[7]가 있다. 이렇게 멋진 방에 들어와본 것은 난생처음이다. 다음에 또 언제 이런 방에 들어올 수 있을까 싶어 양복을 벗고 유카타[8]만 걸친 채 방 한가운데에 큰 대 자로 드러누워보았다. 기분이 참 좋았다.

점심을 먹고 나서 바로 기요에게 편지를 써 보냈다. 나는 문장 실력이 형편없는 데다 어휘력도 부족해서 편지 쓰는 걸 아주 싫어한다. 또 보낼 곳도 없다. 하지만 기요는 걱정하고 있을 것이다. 배가 뒤집혀 죽지는 않았나, 하며 걱정할 것 같아 분발하여 장문의 편지를 써 보냈다. 그 내용은 이렇다.

어제 도착했어. 참 따분한 곳이야. 다다미 열다섯 장짜리 방에 묵고 있는데, 여관에 행하를 5엔 줬어. 안주인이 바닥에 코가 닿을 정도로 인사를 하더군. 어젯밤에는 잠을 이루지 못했어. 기요가 조릿대 잎으로 싼 사탕을 조릿대 잎째 먹는 꿈을 꾸었거든. 내년 여름에는 돌아갈 거야. 오늘

---

7 일본식 다다미방 한쪽 바닥을 한 층 높게 만들어 벽에는 족자를 걸고 바닥에는 꽃이나 장식물을 꾸며놓은 곳.
8 일본의 무명 홑옷으로 주로 잠잘 때나 목욕한 뒤에 입는다.

학교에 가서 여러 선생들한테 별명을 지어주었어. 교장은 너구리, 교감은 빨간 셔츠, 영어 선생은 끝물호박, 수학 선생은 산미치광이, 미술 선생은 알랑쇠야. 다음에 또 여러 가지 이야기를 써 보낼게. 잘 있어.

편지를 쓰고 나니 기분이 한결 나아져 졸음이 밀려오기에 아까처럼 방 한가운데에 큰 대 자로 쭉 뻗고 편하게 잤다. 이번에는 꿈도 꾸지 않고 푹 잤다.

"이 방인가?"

큰 소리가 나서 눈을 떠보니 산미치광이가 들어왔다.

"아까는 실례했네. 자네가 담당할 일은……"

일어나자마자 담판을 해대니 무척 당혹스러웠다. 내가 담당할 일을 들어보니 그다지 어려운 일도 아닌 듯싶어 승낙했다. 그 정도 일이라면 모레는 물론이고 내일 당장 시작하라고 해도 놀라지 않을 것이다. 수업에 대한 의논이 끝나자 산미치광이는 멋대로 계획을 늘어놨다.

"자네, 언제까지고 이런 여관에 묵을 생각은 아닐 것이고, 내가 좋은 하숙집을 소개해줄 테니까 옮기게. 다른 사람은 안 들어줘도 내가 부탁하면 금방 되거든. 빠를수록 좋으니까 오늘 가서 보고 내일 옮기고 모레부터 학교에 나가면 딱 아귀가 맞겠군."

하기야 다다미 열다섯 장짜리 방에 언제까지고 있을 수는 없다. 월급을 다 숙박료로 낸다고 해도 모자랄지 모른다. 행하를 5엔씩이나 선뜻 주고 나서 바로 옮기는 건 좀 아쉽지만, 어차피 옮길 거라면 하루라도 빨리 이사를 해서 안정을 찾는 편이 나을 것이니 산미치광이에게 그 일은 잘 부탁한다며 맡겼다. 그러자 산미치광이가 일단 따라오라고 해서 가봤다. 변두리의 언덕 중턱에 있는 집으로 무척 한적했다. 주인은 골동품을 매매하는 이카긴이라는 사람이었고, 아내는 남편보다 네 살쯤 더 들어 보이는 여자였다. 중학교 다닐 때 위치(witch, 마녀)라는 영어 단어를 배운 적이 있는데, 이 안주인이 바로 그 위치를 닮았다. 위치라고 해도 남의 아내이니 상관없다. 결국 내일 이사 오기로 했다. 돌아가는 길에 산미치광이가 번화가에서 빙수를 한 그릇 사주었다. 학교에서 만났을 때는 꽤나 으스대고 무례한 작자인 줄 알았는데, 이렇게 여러모로 도와주는 것을 보면 나쁜 사람은 아닌 것 같다. 다만 나와 마찬가지로 성급하고 짜증을 잘 내는 성격인 모양이다. 나중에 들으니 이 사람이 학생들에게 가장 인망이 있는 선생이라고 한다.

3

드디어 학교에 나갔다. 처음으로 교실로 들어가 높은 교단에 섰을 때는 왠지 기분이 묘했다. 수업을 하면서도, 나 같은 놈도 선생을 할 수 있을까, 하고 생각했다. 학생들은 성가시다. 때때로 아주 우렁찬 소리로 선생님, 하고 부른다. 선생님이라고 부르는 데는 대응했다. 지금까지 물리학교에서 매일 선생님, 선생님, 하고 불렀지만, 선생님이라고 부르는 것과 불리는 것은 천양지차다. 왠지 발바닥이 근질근질하다. 나는 비겁한 사람이 아니다. 겁쟁이는 아니지만 애석하게도 담력이 부족하다. 선생님, 하고 큰 소리로 부르면, 배가 고플 때 마루노우치에서 오포(午砲)[1] 소리라도 듣는 것 같다. 첫 번째 시간은 어쩐지 대충 하고 말았다. 하지만 특별히 곤란한 질문을 받지 않고 끝났다. 교무실로 돌아오니 산미치광이가 어땠느냐고 물었다. "뭐, 그냥"이라고 간단히 대답했더니 산미치광이는 안심한 모양이었다.

둘째 시간에 분필을 들고 교무실을 나설 때는 어쩐지 적진으로 들

1 정오를 알리기 위해 공포를 쏘는 것. 도쿄에서는 1871년에 시작되어 1929년에 폐지되었다.

어가는 듯한 기분이었다. 교실에 들어서니 이번 반은 저번 반 아이들에 비해 큰 놈들뿐이다. 나는 도쿄 토박이로 가냘픈 데다 몸집이 작기 때문에 아무리 높은 데 올라서도 위엄이 서지 않는다. 싸움이라면 스모 선수와도 붙어보겠지만, 이렇게 덩치 큰 녀석들 마흔 명을 앞에 두고 말만 가지고 휘어잡을 재간은 없다. 하지만 이런 촌놈들에게 일단 약점이 잡히면 버릇이 된다고 생각하여 최대한 큰 목소리로 약간 혀를 굴리며 위압적인 말투로 수업을 진행했다. 처음에는 학생들도 어리둥절해하며 멍하니 있기에, 그것 보라지, 하며 점점 득의양양해져 혀를 굴리며 거친 말투로 빠르게 퍼부어댔다. 그런데 맨 앞줄 한가운데에 앉은, 가장 힘이 세어 보이는 녀석이 벌떡 일어나더니 "선생님!" 하고 부른다. 이런, 올 게 왔군, 하고 생각하며 "뭐야?" 하고 물었다.

"너무 빨러 잘 모르것서 그러는디, 좀 찬찬히 해주실 순 없시유우."

해주실 순 없시유우, 라니 정말 느려터진 말투다. 그래서 이렇게 대답해주었다.

"너무 빠르다면 천천히 해주겠지만, 나는 도쿄 토박이라 너희들 말은 못한다. 못 알아듣겠으면 알아들을 때까지 기다려라."

이런 식으로 두 번째 시간은 생각보다 잘되었다. 다만 교실을 막 나서려는 데 한 학생이, "이 문제 좀 풀어줄 수 없시유우" 하며 잘 풀릴 것 같지 않은 기하 문제를 내미는 바람에 식은땀을 흘렸다. 하는 수 없이 "나도 모르겠다. 다음에 알려주마" 하고 서둘러 나왔더니 학생들이 "와아" 하고 떠들어댔다. 그중에는 "못 푼디야, 못 푼디야" 하는 소리도 들렸다. 이런 등신들 같으니라고, 선생도 모르는 게 있는 건 당연하지. 모르는 걸 모른다고 하는 게 뭐가 이상해. 그런 문제를 풀 수 있다면 40엔을 받고 이런 촌구석에 올 리가 없지, 하고 생각하며 교무실로 돌아왔다. 이번에는 어땠느냐고 또 산미치광이가 물었다. "뭐, 그냥" 하고 대답은 했지만 뭐, 그냥, 이라는 대답만으로는 성에 차지 않았으므로 "이 학교 학생들은 벽창호로군" 하고 말해주었다. 산미치광이는 묘한 표정을 지었다.

세 번째 시간도 네 번째 시간도 그리고 점심시간 이후의 한 시간도 대동소이했다. 첫날 들어간 반에서는 모두 조금씩 실수를 했다. 선생 노릇도 옆에서 보는 것만큼 만만한 게 아니라고 생각했다. 수업은 대충 끝났지만, 아직 퇴근하지는 못한다. 3시까지 우두커니 기다려야 한다. 3시가 되면 담임을 맡은 반 학생들이 교실 청소를 마치고 알리러 오니 검사를 해야 한다고 한다. 그런 다음 일단 출석부를 점검하고 나서야 겨우 일과가 끝난다. 아무리 월급에 매인 몸이라고 해도 빈 시간까지 학교에 붙들어놓고 책상과 눈싸움이나 시키는 법이 어디 있단 말인가. 하지만 다른 선생들이 다들 얌전하게 규칙을 따르고 있으니 신참인 나만 떼를 쓰는 것도 좋지 않을 것 같아 참고 있었다. 돌아가는 길에 산미치광이에게 하소연했다.

"이봐, 어찌 되었든 3시가 넘도록 학교에 붙잡아두는 건 어리석은 짓이야."

"그건 그렇지, 하하하하!"

산미치광이는 웃고 나더니 갑자기 진지한 표정으로 충고 비슷한 말을 했다.

"자네, 학교에 대해 너무 불평하면 못쓰네. 말하려면 나한테만 하게. 꽤나 이상한 사람들이 있으니까 말이야."

사거리에서 헤어졌기 때문에 자세한 사정을 물어볼 틈이 없었다.

그러고 나서 집에 돌아오자 하숙집 주인이 "차 한 잔 하실까요" 하며 내 방으로 들어온다. 차 한 잔 하자고 해서 나한테 대접하나 싶었는데 거리낌 없이 내 차를 끓여 자신이 마신다. 이걸 보면 내가 없을 때도 멋대로 자기 혼자 '차 한 잔 합시다'를 하고 있는지도 모른다.

"저는 서화나 골동품을 좋아해서 결국 은밀히 장사를 시작하게 되었습니다. 보아하니 선생님도 꽤 풍류를 즐기실 것 같은데, 취미로 좀 해보시는 게 어떻겠습니까?"

하숙집 주인은 당치도 않은 권유를 해왔다. 이태 전에 어떤 사람의 심부름으로 데이코쿠(帝國) 호텔[2]에 갔을 때 열쇠수리공으로 오인받은 일이 있다. 모포를 둘러쓰고 가마쿠라의 대불을 구경했을 때는 인력거꾼으로부터 '나리'라는 말을 들었다. 그밖에 오늘날까지 나를 다른 사람으로 잘못 보는 일은 꽤 있었지만, 아직 나를 붙들고 상당히 풍류를 즐기실 것 같다고 말한 사람은 아무도 없었다. 대개는 차림새나 태도로 알 수 있다. 그림을 보더라도 풍류인은 두건을 쓰거나 단자쿠(短冊)[3]를 들고 있는 법이다. 이런 나를 풍류인이라며 진지하게 말하는 걸 보면 보통내기가 아니다.

"한가한 노인네나 하는 그런 일은 싫습니다."

내가 이렇게 말했더니 주인은 헤헤헤헤 웃으면서 대꾸했다.

"아니, 처음부터 좋아하는 사람은 한 사람도 없습니다. 하지만 일단이 길에 들어서기만 하면 좀처럼 빠져나가지 못하지요."

주인은 혼자 차를 따라 묘한 손동작으로 마셨다. 사실 어제 저녁에 차를 사달라고 부탁해두었는데, 쓰고 진한 이런 차는 싫다. 한 잔

---

2 1890년에 도쿄에 세워진 본격적인 서양식 호텔로 지금도 일본 각지에서 운영되고 있다.
3 단카(短歌)나 하이쿠(俳句)를 적는 데 쓰는 단단한 종이.

만 마시면 위에 반응이 오는 것 같다. 다음에는 좀 덜 쓴 차를 사달라고 했더니 알았다고 하고는 다시 한 잔 따라 마셨다. 남의 차라고 마구 마셔대는 놈이다. 주인이 물러나고, 내일 가르칠 것을 미리 좀 보고 나서 바로 잠자리에 들었다.

그 후로는 매일 학교에 나가 규칙대로 일하고 돌아오면 주인이 '차 한 잔 하실까요' 하며 나온다. 일주일쯤 지나고 나니 학교가 어떻게 돌아가는지 대충 알 수 있었고, 하숙집 부부의 사람됨도 대충 파악할 수 있었다. 다른 교사에게 들으니 임명장을 받고 일주일에서 한 달 사이에는 자신의 평판이 좋은지 나쁜지 굉장히 신경을 쓴다고 하는데, 나는 전혀 그렇지 않았다. 교실에서 가끔 실수를 하는데 그때는 잠깐 기분이 좋지 않지만 30분만 지나면 깨끗이 잊어버린다. 나는 무슨 일이든 오랫동안 걱정하려고 해도 걱정이 되지 않는 사람이다. 교실에서의 실수가 학생에게 어떤 영향을 주고 그 영향이 교장이나 교감에게 어떤 반응을 일으킬지 전혀 관심이 없다. 앞에서 말한 대로 나는 그다지 배짱이 두둑한 사람은 아니지만 단념은 굉장히 빠른 사람이다. 이 학교에서 잘 안 되면 곧바로 어딘가 다른 곳으로 갈 각오를 하고 있었기에 너구리도 빨간 셔츠도 전혀 두렵지 않았다. 그런 마당이니 교실의 코흘리개들에게 아양을 떨거나 입발림 소리를 하고 싶은 마음은 들지 않았다. 학교는 그래도 되었지만 하숙집은 그렇게 되지 않았다. 주인이 차를 마시러 오는 것뿐이라면 참을 수 있지만, 이런저런 물건들을 가져온다. 처음에 가져온 것은 무슨 낙관용 도장 재료 같은 것이었는데, 열 개쯤 죽 늘어놓고 다 해서 3엔이니 싼 거라며 사라고 한다. 시골을 돌아다니는 엉터리 환쟁이도 아니고, 그런 건 필요 없다고 했더니 이번에는 가잔(華山)인가 뭐라는 사람의 화조도(花鳥圖) 족자를 가져왔다. 자기 멋대로 도코노마에 걸어놓고 좋은 그림이 아니냐고 하기에 그런가요, 하며 적당히 대꾸했더니, 가잔은 두 명[4]이 있는데 한 사람은 무슨무슨 가잔이고 또 한 사람은 뭐뭐라는 가잔인데, 이 족자는 그 뭐뭐라는 가잔이 그린 것이라며 쓸데없는 설명을 하고 나서 재촉한다.

"어떻습니까? 선생님이라면 15엔에 드리겠습니다. 들여놓으시지요."

돈이 없다며 거절하자 돈 같은 건 언제 줘도 상관없다며 꽤나 끈질기게 나온다. 돈이 있어도 사지 않겠다며 그때는 쫓아버렸다. 그다음에는 귀와(鬼瓦)만큼 큼직한 벼루를 들고 왔다.

"이건 단계(端溪)[5]입니다, 단계."

두 번, 세 번이나 단계라고 하기에 재미 삼아 단계가 뭐냐고 물었더니 바로 설명을 시작했다.

"단계에는 상암, 중암, 하암이 있는데, 요즘 나오는 것은 다 상암입니다. 그런데 이건 확실히 중암입니다. 이 눈[6] 좀 보십시오. 눈이 세 개나 있는 건 아주 귀합니다. 발묵(潑墨)도 아주 좋습니다. 시험 삼아 한번 갈아보시지요."

이렇게 말하며 내 앞으로 큼직한 벼루를 들이민다. 얼마냐고 물으니 벼루 임자가 중국에서 가지고 돌아와 꼭 팔고 싶다고 해서 싸게 30엔에 준다고 한다. 이 사람 바보임에 틀림없다. 학교에서는 그럭저럭 무사히 일할 수 있을 것 같은데, 이렇게 골동품과 매번 부딪혀서는

---

4 와타나베 가잔(渡辺華山, 1793~1841)과 요코야마 가잔(横山華山, 1784~1839)을 말한다.

5 중국 광동성 돤시(端溪)에서 나는 단계석으로 만든 벼루로 가장 품질이 좋은 것으로 평가된다.

6 구욕안(鴝鵒眼)을 말한다. 단계 벼루의 표면에 있는 구욕새의 눈 모양의 반점. 이 눈이 많은 벼루일수록 고급품으로 귀히 여겨진다.

오래 버틸 수 있을 것 같지 않다.

그러는 사이에 학교도 싫어졌다. 어느 날 밤 오마치라는 곳을 산책하고 있는데 우체국 옆에 메밀국수라고 쓰고 그 밑에 도쿄라고 쓴 간판이 있었다. 나는 메밀국수를 무척 좋아한다. 도쿄에 있을 때도 메밀국숫집 앞을 지나다가 국물 냄새라도 맡게 되면 어떻게든 노렌[7]을 들추고 들어가고 싶어진다. 수학과 골동품 때문에 그동안 메밀국수를 잊고 있었는데, 이렇게 간판을 보니 그냥 지나칠 수가 없다. 내친김에 한 그릇 먹고 갈 생각으로 들어갔다. 들어가보니 간판과는 영 딴판이다. 도쿄라고 써놓은 이상 좀 더 깨끗이 해놓을 법도 한데, 도쿄 근처엔 가본 적도 없어서인지, 아니면 돈이 없어서인지 굉장히 지저분하다. 다다미는 색이 바랜 데다 모래까지 서걱거린다. 벽은 그을려 새까맣다. 천장은 남포등 그을음으로 그을려 있을 뿐만 아니라 낮아서 엉겹결에 고개를 움츠릴 정도다. 다만 요란하게 여러 가지 메밀국수 이름을 쓰고 가격을 적어놓은 메뉴판만은 완전히 새것이다. 틀림없이 낡은 집을 사서 2, 3일 전에 개업했을 것이다. 메뉴판의 맨 위에 있는 음식은 덴푸라메밀국수[8]다.

"여기요, 덴푸라 하나 주시오."

나는 큰 소리로 주문했다. 그러자 그때까지 구석진 자리에서 뭔가 후루룩후루룩 쩝쩝 하며 먹고 있던 세 사람이 일제히 내 쪽을 쳐다봤다. 가게 안이 어두워 미처 알아보지 못했으나 얼굴을 보니 모두 학교 학생들이다. 그쪽에서 인사를 해오길래 나도 인사를 했다. 그날 밤에는 메밀국수를 오랜만에 먹어서인지 맛있어서 덴푸라메밀국수를 네

---

7 가게 입구에 치는 포렴. 노렌을 친 것은 영업 중이라는 표시다.
8 해물이나 채소 튀김을 얹은 메밀국수.

그릇이나 비웠다.

이튿날 아무 생각 없이 교실에 들어섰더니 칠판이 가득 찰 만큼 큼직한 글씨로 덴푸라 선생님이라고 쓰여 있다. 내 얼굴을 보고 다들 와아 하고 웃었다. 나는 어이가 없어서 덴푸라메밀국수를 먹은 게 그렇게 우습냐고 물었다. 그러자 한 학생이 "그래도 네 그릇은 너무허잖어유우" 하고 대답했다. 네 그릇을 먹든 다섯 그릇을 먹든 내 돈 내고 내가 먹는데 무슨 말이 그리 많으냐고 생각하며 얼른 수업을 끝내고는 교무실로 돌아왔다. 10분이 지나고 다음 교실에 들어가자 칠판에 "첫째, 덴푸라메밀국수 네 그릇이라. 단 웃지 말 것"이라고 쓰여 있다. 아까는 별로 화가 나지 않았지만 이번에는 부아가 치밀었다. 농담도 도가 지나치면 못된 장난이다. 구운 떡의 검게 탄 부분 같은 것으로, 그런 걸 칭찬하는 사람은 없다. 그런 요령을 모르는 촌놈들이라 어디까지 밀고 나아가도 상관없다는 심산일 것이다. 한 시간만 걸으면 구경할 거리도 없는 손바닥만 한 동네에 살면서 달리 재주도 없으니 덴푸라 사건을 러일전쟁처럼 떠들고 다니는 것이리라. 딱한 놈들이다. 어렸을 때부터 이런 교육을 받으니 아주 되바라진, 단풍나무 분재 같은 소인배가 되는 것이다. 악의가 없다면 같이 웃고 말면 좋겠지만, 이게 뭐란 말인가. 어린것들이 별스럽게 독기를 품고 있다. 나는 잠자코 칠판에 적힌 덴푸라를 지우며 물었다.

"이런 장난이 재미있나? 비겁한 장난이야. 너희들, 비겁이라는 뜻을 알고나 있는 거야?"

"자신이 한 일을 보고 비웃는다고 화를 내는 게 비겁한 거 아닌감유우."

한 녀석이 이렇게 대꾸한다. 지겨운 녀석이다. 이런 애들을 가르치러 도쿄에서 애써 이곳까지 온 것인가, 하는 생각을 하니 자신이 한심해졌다.

"쓸데없는 억지 부리지 말고 공부나 해!"

이렇게 말하고 수업을 시작했다. 그러고 나서 다음 교실로 갔더니 "덴푸라를 먹으면 억지를 부리고 싶어지는 법이라"라고 쓰여 있다. 정말 어떻게 해볼 도리가 없는 놈들이다. 너무 화가 난 나머지, 너희들같이 건방진 놈들은 못 가르치겠다고 말하고는 총총히 교무실로 돌아와버렸다. 학생들은 수업을 받지 않아도 되어 기뻐했다고 한다. 이렇게 되면 학교보다 차라리 골동품이 나은 편이다.

집에 돌아와 하룻밤 자고 나니 덴푸라메밀국수 건도 그렇게 부아가 나지 않게 되었다. 학교에 가서 보니 학생들도 나와 있다. 어떻게 된 속인지 알 수가 없다. 그로부터 사흘간은 아무 일도 없었지만, 나흘째 되는 날 저녁에 스미타라는 데까지 가서 경단을 먹었다. 스미타는 온천이 있는 마을로, 성안에서 기차로 가면 10분, 걸어서도 30분이면 갈 수 있는 곳이다. 음식점도 있고 온천장도, 공원도 있는 데다 유곽도 있다. 내가 들어간 경단 가게는 유곽 초입에 있는데, 경단 맛이 좋다고 소문이 자자해서 온천에서 돌아오는 길에 잠깐 들러 먹어보았다. 이번에는 학생들과 마주치지 않았으니 아무도 모를 것이라 생각하고 다음 날 학교에 가서 첫 수업에 들어가니 칠판에 "경단 두 접시 7전"이라고 쓰여 있다. 실제로 나는 두 접시를 먹고 7전을 냈다. 정말 성가신 놈들이다. 둘째 시간에도 분명히 뭔가 있을 거라 생각했는데 "유곽의 경단, 맛있다, 맛있어"라고 쓰여 있다. 정말 어처구니없는 놈들이다. 경단 사건이 이것으로 끝나나 싶었는데 이번에는 '빨간 수건'이라는 게 화제가 되었다. 무슨 일인가 했더니, 정말 시시하기 짝이 없는 소동이다. 나는 이곳에 온 뒤로 매일 스미타의 온천에 다니고 있다. 다른 곳은 뭘 보나 도쿄의 발뒤꿈치에도 따라가지 못하지만, 스미타의 온천만은 근사하다. 모처럼 온 것이니 매일 다녀야겠다는 생각으로 저녁식사 전에 운동 삼아 다녀오곤 한다. 그런데 갈 때는 반드시 큼직한 서양 수건을 들고 간다. 빨간 줄무늬가 있는 수건이라 물에 젖으면 언뜻 선홍색으로 보인다. 나는 이 수건을 오가는 길에, 기차를 탈 때도 걸어갈 때도 늘 들고 다닌다. 그래서 학생들이 나를 "빨간 수건, 빨간 수건" 하고 부른다는 것이다. 아무래도 좁은 곳에 살다 보니 조용한 날이 없다.

또 있다. 온천은 3층으로 된 신축 건물로 고급탕은 유카타를 빌려주고 때까지 밀어주는 데도 8전이면 된다. 게다가 여종업원이 차를 따라 차탁에 올려 내온다. 나는 항상 고급탕을 이용했다. 그러자 40엔 월급으로 매일 고급탕에 들어가는 것은 사치라며 수군댔다. 쓸데없는 참견이다. 또 있다. 욕탕은 다다미 열다섯 장 크기의 넓이로 화강암을 쌓아올려 만들었는데, 대개 열서너 명이 들어가지만 간혹 아무도 없을 때가 있다. 일어서면 가슴 언저리까지 물이 차는 깊이여서 운동 삼아 욕탕 안에서 헤엄도 치는데 꽤 상쾌하다. 나는 사람이 없는 것을 확인하고 다다미 열다섯 장 크기의 욕탕에서 헤엄을 치며 즐거워했다. 그러던 어느 날, 3층에서 기운차게 내려와 오늘도 헤엄칠 수 있을까, 하고 자쿠로구치[9]에서 안을 들여다보니 커다란 팻말에 시커먼 글씨로 "욕탕에서 헤엄치지 말 것"이라 써서 붙여놓았다. 나 말고는 욕탕에서 헤엄치는 사람은 거의 없을 것이기 때문에 이 팻말은 특별히 나 때문에 새로 만들었는지도 모른다. 나는 그 후로 헤엄치는 것을 포

9 욕조 안의 물이 식지 않도록 씻는 곳과 욕조 사이를 막고 구부려서 들어가게 만든 입구.

기했다. 하지만 학교에 가보니 여느 때처럼 칠판에 "욕탕에서 헤엄치지 말 것"이라고 쓰여 있는 데는 정말 놀라지 않을 수 없었다. 어쩐지 모든 학생들이 나 한 사람을 정탐하고 있는 것 같았다. 울적했다. 학생들이 뭐라고 하든, 하기로 마음먹은 일을 그만둘 내가 아니지만, 어쩌다가 이렇게 옹색하고 숨이 막힐 듯한 곳으로 오게 되었는지를 생각하면 한심해졌다. 그리고 집으로 돌아가면 여전히 골동품이 괴롭힌다.

4

학교에서는 숙직을 서야 하는데 교원이 교대로 맡고 있다. 단 너구리와 빨간 셔츠는 예외다. 왜 이 두 사람만 당연한 의무를 면제받느냐고 물어보았더니 주임관 대우[1]라서 그런다고 한다. 월급은 많이 받지, 일하는 시간은 적지, 그런데 숙직까지 면제받는다니, 이런 불공평한 처사가 어디 있단 말인가. 멋대로 이런 규칙을 정해놓고 그것이 당연한 듯한 낯짝을 하고 있다. 어쩌면 그리 뻔뻔스러울 수가 있단 말인가. 나로서는 불만이 많았지만, 산미치광이의 주장에 따르면 혼자 아무리 불평을 늘어놓아도 통하지 않는다고 한다. 혼자든 둘이든 옳은 일이라면 통하는 법이다. 산미치광이는 "Might is right(힘이 정의다)"라는 영문을 인용하여 나를 일깨우려 했지만 요령부득이어서 다시 물었더니 '강자의 권리'라는 의미라고 한다. 강자의 권리라면 옛날부터

---

1 러일전쟁 전 옛 제도하의 관리로, 주임관은 아니지만 그와 같은 대우를 받는 자. 주임관은 칙임관 아래이며 내각총리대신의 추천으로 임명되는 관리로 3등에서 9등까지의 고등관을 말한다.

알고 있다. 새삼스럽게 산미치광이의 설명을 듣지 않아도 된다. 강자의 권리와 숙직은 별개 문제다. 너구리와 빨간 셔츠가 강자라니, 누가 수긍한단 말인가. 논쟁은 논쟁이고, 마침내 내 차례가 돌아왔다. 나는 원래 결벽증이 있는 성격이라 내 이불에서 편히 자지 않으면 잔 것 같지 않은 사람이다. 어렸을 때부터 친구 집에서 잔 적이 거의 없을 정도다. 친구 집도 싫은데 학교 숙직실이야 말할 필요가 있겠는가. 하지만 이것이 40엔 안에 포함되어 있는 거라면 어쩔 수 없는 일이다. 그냥 참고 해주자.

교사고 학생이고 모두 집으로 돌아간 뒤 혼자 남아 멍하니 있는 것은 정말 얼빠진 일이다. 숙직실은 교실 뒤쪽에 있는 기숙사의 서쪽 끄트머리 방이다. 잠깐 들어가보니 저녁 햇빛이 정면으로 들어와 답답해서 있을 수가 없었다. 시골이라 그런지 가을이 와도 좀처럼 더위가 가시지 않는다. 식사 시중을 드는 학생에게 저녁밥을 가져오게 해 먹었는데, 맛이 없는 데는 두 손 들고 말았다. 그런 밥을 먹고도 용케 그토록 설쳐댄 것이다. 게다가 저녁밥을 4시 반에 서둘러 끝내버리니 호걸이 아닐 수 없다. 밥은 먹었지만, 아직 해가 지지 않아 잠을 잘 수도 없다. 잠깐 온천에 다녀오고 싶어졌다. 숙직하는 사람이 외출을 해도 좋은 건지는 모르겠지만, 징역살이하는 사람처럼 이렇게 우두커니 괴로운 일을 당하는 것은 견딜 수 없는 일이다. 처음으로 학교에 온 날 사환에게 숙직 선생님이 어디 있느냐고 물었더니 잠깐 볼일 보러 나갔다고 대답한 것을 이상하다고 생각했는데, 내 차례가 되고 보니 납득이 된다. 나가는 것이 옳다. 나는 사환에게 잠깐 나갔다 오겠다고 했다. 그러자 사환이 무슨 볼일이 있느냐고 물었다. 나는 볼일이 있어서가 아니라 온천에 다녀온다고 대답하고 서둘러 나왔다. 빨간 수건을 하숙집에 두고 온 것이 아쉬웠지만, 오늘은 온천장에서 빌리기로 했다.

아주 느긋하게 탕을 들락거리다 보니 어느새 해가 저물기 시작해 기차를 타고 고마치 역까지 와서 내렸다. 역에서 학교까지는 4백 미터쯤 되는 거리다. 걸을 만한 거리라 천천히 걷기 시작하는데 맞은편에서 너구리가 걸어오는 게 아닌가. 너구리는 역에서 기차를 타고 온천에 가려는 심산일 것이다. 총총걸음으로 다가와 지나칠 때쯤 내 얼굴을 보더니 살짝 인사를 했다. 그러자 너구리는 자못 진지하게 물었다.

"선생은 오늘 숙직이 아니었던가요?"

'아니었던가요'는 뭐가 '아니었던가요'란 말인가. 두 시간 전에 나보고 "오늘 밤은 첫 숙직이겠네요. 수고하세요" 하고 인사까지 하지 않았던가. 교장쯤 되면 능청스런 말을 하게 되는 모양이다. 나는 화가 나서 "예, 숙직입니다. 숙직이니까 이제 돌아가 확실히 서겠습니다" 하고 내뱉어주고는 걷기 시작했다. 다테마치의 사거리까지 왔을 때 이번에는 산미치광이와 마주쳤다. 정말 좁아터진 곳이다. 나가서 걷기만 하면 반드시 누군가를 만난다.

"여보게, 자네 숙직 아닌가?"

"맞아, 숙직이네."

"숙직인 사람이 함부로 나다니다니, 안 되는 것 아닌가?"

"안 될 게 뭐가 있겠나, 나와 돌아다니지 않는 게 더 안 되는 거지."

나는 짐짓 큰소리를 쳐보였다.

"자네 그렇게 흐리터분하면 곤란하네. 교장이나 교감을 만나기라도 하면 성가실 거야."

산미치광이는 그답지 않은 말을 했다.

"교장은 방금 만났네. 더울 때는 산책이라도 하지 않으면 숙직도 힘들지요, 하면서 교장이 내 산책을 칭찬하던걸."

이렇게 말하고 나는 귀찮아져서 얼른 학교로 돌아갔다.

그러고 나니 금방 해가 졌다. 해가 지고 나서 두 시간쯤 사환을 숙직실로 불러 얘기를 나누었는데, 그것도 이내 싫증이 났다. 잠이 올 것 같지는 않았지만 잠자리에 들까 하고 잠옷으로 갈아입었다. 모기장을 걷어 올리고 들어가 빨간 담요를 젖히고는 쿵 하고 엉덩방아를 찧으며 벌렁 드러누웠다. 누울 때 쿵 하고 엉덩방아를 찧는 것은 어릴 때부터의 버릇이다. 오가와마치의 하숙집에서 지낼 때는 아래층에 살던 법률학교 학생이 나쁜 버릇이라며 불평을 한 적이 있다. 법률학교 학생은 허약한 주제에 입만 살아서 바보 같은 말을 장황하게 늘어놓기에, 잘 때 쿵쿵 소리가 나는 것은 내 엉덩이 잘못이 아니라 하숙집 건물이 허술한 탓이니 따지려면 하숙집 주인한테 따지라고 하여 아무 말도 못하게 만들었다. 이 숙직실은 2층이 아니라 아무리 쿵 하고 넘어져도 상관없다. 되도록 힘차게 드러눕지 않으면 잠을 자도 잔 것 같지가 않다. 아아, 상쾌하다, 하고 다리를 쭉 뻗었는데 두 다리에 뭔가 달라붙었다. 까칠까칠한 것이 벼룩 같지는 않아, 뭐야 하고 놀라 담요 속에서 다리를 털어보았다. 그러자 까칠까칠하게 닿는 것이 갑자기 늘어나서 정강이에 대여섯 개, 넓적다리에 두세 개, 엉덩이 밑에서 뿌지직 짓눌린 것이 하나에다 배꼽까지 올라온 것도 하나 있었다. 놀라서 벌떡 일어나 담요를 휙 뒤로 젖히자 이불 속에서 메뚜기 50, 60마리가 튀어나왔다. 정체를 몰랐을 때는 다소 불쾌한 느낌이 들었지만, 그게 메뚜기였다는 것을 알고 나자 불쑥 화가 치밀었다. 메뚜기 주제에 사람을 이렇게 놀라게 하다니, 가만히 두나봐라, 하며 재빨리 베개를 집어 들고 두세 번 내리쳤으나 메뚜기가 너무 작아서인지 별 효과가 없었다. 하는 수 없이 다시 이부자리 위에 앉아, 세밑 대청소 때 돗자리를 말아 다다미를 두들길 때처럼 베개로 녀석들이 튀어나온 곳을 닥치는 대로 두들겼다. 메뚜기가 베개의 기세에 놀라 뛰어오르는 바람에 내 어깨고 머리고 코끝이고 할 것 없이 달라붙기도 하고 부딪히기도 했다. 얼굴에 붙은 놈은 베개로 때릴 수도 없어 손으로 잡아 힘껏 패대기를 쳤다. 분하게도 아무리 힘껏 패대기를 쳐도 부딪히는 곳이 모기장이라 살짝 흔들릴 뿐 전혀 반응이 없다. 메뚜기는 패대기쳐진 채 모기장에 붙어 있다. 죽지도 않는다. 30분쯤 지나서야 가까스로 메뚜기를 퇴치했다. 빗자루를 가져와 죽은 메뚜기를 치웠다. 사환이 와서 무슨 일이냐고 물었다.

"무슨 일이고 뭐고, 세상에 이불 속에 메뚜기를 기르는 놈이 어디 있어, 이 얼간이 같은 놈아."

"저는 모르는 일입니다."

내가 호통을 치자 사환이 변명을 했다.

"모른다고만 하면 그만이야!"

이렇게 말하며 빗자루를 툇마루로 내던졌더니 사환은 주뼛주뼛 빗자루를 들고 돌아갔다.

나는 즉시 기숙사생 중 대표로 세 명만 오라고 했다. 그러자 여섯 명이 왔다. 여섯 놈이든 열 놈이든 상관할쏜가. 잠옷 바람으로 팔을 걷어붙이고 담판을 시작했다.

"뭣 때문에 메뚜기를 내 이불 속에 넣었지?"

"메뚜기가 뭔데유우?"

맨 앞에 있는 놈이 짐짓 모르는 척 차분하게 물었다. 이 학교는 교장뿐만 아니라 학생들마저 능청스럽게 말한다.

"메뚜기를 모른단 말이야? 그렇다면 보여주지."

이렇게 말은 했지만 이미 다 치워버려 메뚜기는 한 마리도 없다. 다시 사환을 불렀다.

"아까 그 메뚜기 좀 가져와."

"벌써 쓰레기장에 버렸는데 다시 주워 올까요?"

"그래, 얼른 주워 와."

사환은 급히 뛰어 나갔고, 잠시 후 반지(半紙) 위에 메뚜기 열 마리쯤 얹어 왔다.

"정말 안타깝게도 하필 밤이라 이것밖에 찾지 못했습니다. 날이 밝으면 더 주워 오겠습니다."

사환까지 바보다. 나는 메뚜기 한 마리를 학생에게 보여주며 말했다.

"이게 바로 메뚜기다. 덩치는 산만 한 놈들이 메뚜기를 모른다니, 대체 어떻게 된 거냐?"

그러자 가장 왼쪽에 있던 얼굴이 동그란 녀석이 건방지게 말대꾸를 했다.

"그건 모띠기[2]인데유우."

"이런 바보 같은 놈, 메뚜기나 모띠기나 그게 그거잖아. 무엇보다 선생님한테 '유우'라는 건 또 뭐냐? '유우'는 영어로 상대를 가리킬 때 말고는 쓰는 게 아니야."

이번엔 역으로 내가 몰아붙였다.

"'유우'와 그 '유우'는 다른 거잖아유우."

2 모띠기는 메뚜기의 충청도 사투리.

끝까지 '유우'라고 할 놈이다.

"메뚜기든 모띠기든 대체 왜 내 이불 속에 집어넣은 거냐? 내가 언제 메뚜기를 넣어달라고 하던?"

"아무것도 넣지 않았는데유우."

"넣지 않았는데 어떻게 내 이불 속에 있단 말이냐?"

"모띠기는 따신 데를 좋아허니께 아마 지 혼자 들어가셨것지유우."

"바보 같은 소리 하지 마. 메뚜기가 혼자 들어가시다니, 메뚜기가 들어가신다는 게 말이 되는 소리냐? 자, 왜 이런 장난을 쳤는지 어서 말해봐."

"말하라고 하시지만, 넣지 않은 걸 설명할 수는 없는 거잖아유우."

비열한 놈들이다. 스스로가 한 짓을 말 못할 바엔 처음부터 아예 하지를 말았어야지. 증거가 없는 이상 시치미를 뗄 심산으로 뻔뻔하게 나온다. 나도 중학교에 다닐 때는 어느 정도 장난을 쳤다. 하지만 누가 한 거냐고 물어볼 때 꽁무니를 빼는 비겁한 행동을 한 적은 한 번도 없었다. 한 것은 한 것이고 안 한 것은 분명히 안 한 것이다. 나 같은 사람은 아무리 장난을 쳐도 뒤가 켕기는 게 없다. 거짓말을 하고 벌을 피할 생각이라면 처음부터 장난 같은 건 아예 하지 말아야 한다. 장난과 벌은 붙어 다니기 마련이다. 벌이 있기에 장난도 기분 좋게 칠 수 있다. 장난만 치고 벌은 싫다는 비열한 근성이 대체 어느 나라에 유행한다고 생각하는 것인지. 돈을 빌려놓고 갚기 싫다고 하는 건 모두 이런 녀석들이 졸업해서 할 짓임에 틀림없다. 대체 중학교는 뭐 하러 들어온 것인가. 학교에 들어와 거짓말을 하고, 속이고, 뒷전에서 살금살금 건방지고 못된 장난이나 치고, 그러다가 젠체하며 졸업을 하면 교육 좀 받았습네, 하고 착각한다. 상대 못할 하찮은 놈들이다.

나는 이런 썩어빠진 생각을 가진 놈들과 상대를 하자니 속이 뒤집어질 것 같았다.

"끝내 말하지 않겠다면 하지 않아도 좋다. 중학교에 들어와서 품위 있는 행동과 품위 없는 행동도 분간할 수 없다는 건 정말 딱한 노릇이다."

나는 이렇게 말하고 그 여섯 명을 내쫓았다. 나는 말이나 태도가 그다지 품위 있는 건 아니지만, 마음만은 이 녀석들보다 훨씬 품위 있다고 생각한다. 여섯 명은 유유히 물러갔다. 겉으로 보기에는 녀석들이 교사인 나보다 더 대단해 보인다. 하지만 저런 식으로 차분하게 나올수록 더 나쁜 것이다. 나에게는 도저히 그만한 배짱이 없다.

그러고 나서 다시 잠자리로 들어가 누웠더니 아까의 소동으로 모기장 안에서는 모기가 앵앵거린다. 촛불을 켜고 한 마리씩 태워 죽이는 건 너무 귀찮아 모기장 끈을 떼어내 길게 접어놓고 방 가운데서 가로세로 열십자로 흔들었더니 고리가 날아 내 손등을 세게 쳤다. 세 번째로 잠자리에 들어갔을 때는 다소 마음이 진정되었지만 좀처럼 잠이 오지 않는다. 시계를 보니 10시 반이다. 생각해보니 정말 골치 아픈 곳으로 왔다. 중학교 선생이 어디를 가나 저런 애들이나 상대해야 한다면 정말 딱한 노릇이다. 용케 선생이 없어지지도 않는다. 상당히 참을성이 좋은 벽창호나 할 수 있을 것이다. 나는 도저히 견딜 재간이 없다. 그런 생각을 하니 기요가 우러러보였다. 교육도 받지 못했고 신분도 낮은 할멈이지만, 인간으로서는 굉장히 고귀한 사람이다. 지금까지 그토록 신세를 졌으면서도 별로 고맙다고 생각하지 않았지만, 이렇게 혼자 먼 곳에 와서 보니 비로소 그 친절함을 알 수 있을 것 같다. 에치고의 조릿대 잎에 싼 사탕을 먹고 싶어 한다면, 일부러 에치고까지 가서 사다 준다고 해도 그만큼의 가치는 충분히 있다. 기요는 나에게 욕심도 없고 올곧은 성품이라며 칭찬했지만, 칭찬받는 나보다 칭찬하는 본인이 더 훌륭한 사람이다. 어쩐지 기요가 보고 싶어졌다.

기요를 생각하면서 이리저리 몸을 뒤척이고 있는데 느닷없이 내 머리 위에서 30, 40여 명의 학생들이 2층이 꺼질 정도로 쿵쿵쿵쿵 박자를 맞춰 마룻바닥을 구르는 소리가 들렸다. 그리고 쿵쾅거리는 발소리에 비례한 큰 함성 소리도 들렸다. 나는 무슨 일이 일어났나, 하고 놀라 벌떡 일어났다. 일어난 순간, 아하, 아까 일을 앙갚음하려고 학생들이 날뛰는 거라는 걸 깨달았다. 자신이 잘못한 일은 잘못했다고 말하지 않으면 죄가 없어지지 않는 법이다. 자신들이 뭘 잘못했는지는 자신들이 잘 알 것이다. 제대로 된 녀석들이라면 잠자리에서 후회하고 내일 아침에라도 용서를 빌러 오는 것이 도리다. 설사 용서를 빌지는 않더라도 죄송한 마음에 조용히 자야 한다. 그런데 뭔가, 이 소란은. 기숙사를 지어 돼지를 키우는 것도 아니고, 망나니짓도 어지간히 해야지. 이놈들 어디 한번 보자, 하고 잠옷 바람으로 숙직실을 뛰쳐나가 세 걸음 반 만에 2층까지 뛰어올라갔다. 그런데 신기하게도 지금까지 머리 위에서 분명히 우당탕탕 소란이 일었는데, 갑자기 쥐 죽은 듯 조용해져 사람 목소리는커녕 발소리도 들리지 않았다. 뭔가 이상하다. 남포등은 이미 꺼져 있는지라 어두워서 어디에 뭐가 있는지 전혀 알 수가 없었지만, 인기척이 있는지 없는지는 낌새로도 알 수 있다. 동서로 길게 뻗은 복도에는 쥐새끼 한 마리 보이지 않는다. 복도 끝 쪽에 달빛이 들어와 멀리 그쪽만 유난히 환하다. 아무래도 이상하다. 나는 어렸을 때부터 자주 꿈을 꾸는 버릇이 있는데, 꿈을 꾸다가 벌떡 일어나 알아들을 수 없는 잠꼬대를 하여 웃음을 사곤 했다. 열여섯 살 때 다이아몬드를 줍는 꿈을 꾼 밤에는 벌떡 일어나 옆에서 자고 있던 형에게 방금 그 다이아몬드를 어떻게 했느냐고 굉장한 기세로 캐물었을 정도다. 그때는 사흘 동안 집안의 웃음거리가 되어 무척 난감했다. 어쩌면 지금 일어난 일도 꿈인지 모른다. 하지만 소란이 일어난 것은 분명한데, 하고 복도 한가운데서 생각에 잠겨 있자니 달빛이 비치는 저쪽 끝에서 "하나, 둘, 셋! 와아!" 하고 30, 40명의 목소리가 일제히 울리더니 곧바로 조금 전처럼 박자를 맞춰 일제히 마룻바닥을 쿵쾅거렸다. 그것 보라고, 역시 꿈이 아니라 생시였다.

"조용히 해! 지금은 한밤중이다."

나도 지지 않을 만큼 고함을 지르며 복도 끝으로 달려갔다. 내가 지나는 곳은 어두워, 그저 복도 끝에 보이는 달빛을 향해 달려갈 뿐이었다. 내가 4미터쯤 달렸나 싶었을 때 복도 중앙에서 정강이에 크고 딱딱한 물건이 부딪혔다. 아픔을 느낄 새도 없이 몸이 꽈당 하고 나가떨어졌다. 이런 빌어먹을, 하고 일어났지만 달릴 수가 없었다. 마음은 급한데 다리는 말을 듣지 않았다. 조바심이 나서 한 발로 뛰어갔더니, 이미 발소리도 말소리도 뚝 그치고 쥐 죽은 듯 고요했다. 인간이 아무리 비겁하다고 해도 이렇게까지 비겁할 수는 없는 법이다. 마치 돼지 같다. 이렇게 된 이상 숨어 있는 놈들을 끌어내 용서를 받을 때까지는 물러서지 않겠다고 마음먹고는 방문을 열고 안을 검사하려고 하는데 문이 열리지 않는다. 열쇠를 채웠는지, 책상이나 뭔가를 쌓아 막아놓았는지 아무리 밀어도 열리지 않는다. 이번에는 맞은편의 북쪽 방을 열어보았다. 열리지 않는 것은 마찬가지였다. 내가 문을 열고 들어가 방 안에 있는 놈을 잡아 끌어내겠다고 안달하고 있으니, 다시 동쪽 끝에서 함성과 발 구르는 소리가 들리기 시작했다. 이놈들이

서로 짜고 동서 양쪽에서 나를 골탕 먹이려 한다는 생각은 들었지만, 어떻게 해야 좋을지 알 수 없었다. 솔직히 고백하자면 나는 용기가 있는 것에 비해 지혜가 부족하다. 이럴 때는 어떻게 해야 좋을지 전혀 알 수가 없다. 알 수는 없지만 결코 질 생각은 없다. 이대로 물러선다면 내 체면이 말이 아니다. 도쿄 토박이는 패기가 없다, 는 말을 듣는 건 분하다. 숙직을 서다가 코흘리개들에게 놀림을 당하고도 손쓸 방도가 없어 울며 겨자 먹기로 단념했다는 말이라도 돌면 평생의 불명예다. 이래 봬도 근본은 하타모토(旗本)[3]다. 그 시조는 세이와 겐지(淸知源氏)[4]고, 다다노 만주(多田の滿仲)[5]의 후예다. 이런 농사꾼들과는 태생부터가 다른 것이다. 다만 지혜가 없다는 게 안타까울 따름이다. 어떻게 해야 좋을지 모르는 것이 난처할 뿐이다. 난처하다고 굴복할 수는 없다. 정직하기 때문에 어떻게 해야 좋을지 모르는 것이다. 이 세상에 정직한 것이 이기지 못하고 달리 이기는 것이 있는지 생각해보라. 오늘 밤 안에 이기지 못하면 내일 이기면 된다. 내일 이기지 못하면 모레 이기면 된다. 모레도 이기지 못하면 하숙집에서 도시락을 가져오게 해서 이길 때까지 이곳에서 버틸 것이다. 나는 이렇게 결심을 하고 복도 가운데에 책상다리를 하고 앉아 날이 새기를 기다렸다. 모기가 앵앵거리며 덤벼들었지만 개의치 않았다. 조금 전에 부딪친 정강이를 만져보니 뭔가 끈적끈적하다. 피가 난 모양이다. 피 같은 거야 나고 싶으면 멋대로 나라지. 그러는 사이에 조금 전의 피로가 몰려와 깜빡 잠이 들고 말았다. 어쩐지 소란스러워 잠에서 깼을 때는, 아차,

---

3 에도 시대 쇼군 직속의 무사로 쇼군을 직접 만날 수 있었으며 만석 이하의 녹봉을 받았다.
4 세이와 천황(재위 858~876)의 자손으로 미나모토(源)라는 성을 하사받은 씨족이다.
5 미나모토노 미쓰나카(源滿仲, 912~996)를 말하며 세이와 천황의 증손자다.

이거 큰일 났군, 하고 벌떡 자리에서 일어났다. 내가 앉아 있던 오른쪽의 방문이 반쯤 열려 있고 학생 두 명이 내 앞에 서 있었다. 나는 퍼뜩 정신을 차리고 내 코앞에 있는 녀석의 다리를 붙잡고 힘껏 당겼더니 털썩 뒤로 나자빠졌다. 꼴좋다. 남은 한 놈이 약간 당황해하는 틈에 달려들어 어깨를 붙들고 두서너 번 흔들어댔더니 얼이 빠져서 눈만 껌벅거렸다.

"자, 내 방으로 따라와!"

내가 끌고 가자 겁을 먹은 듯 두말없이 따라왔다. 날은 벌써 환했다.

나는 숙직실로 끌고 온 녀석들을 추궁하기 시작했다. 돼지는 때려도 두들겨도 돼지인지라 그저 끝까지 모른다고 일관할 생각인 듯 도무지 털어놓지 않는다. 그러는 사이에 한 놈이 오고, 두 놈이 오고 하면서 점차 아이들이 2층에서 숙직실로 모여들었다. 낯짝들을 보아하니 모두 졸린 듯 눈두덩이 부어 있다. 못난 놈들이다.

"하룻밤 못 잤다고 사내자식들이 그 꼴이 뭐냐? 낯짝이나 씻고 따지러 와."

이렇게 말했으나 세수하러 가는 놈은 한 명도 없었다.

내가 50명 남짓한 아이들을 상대로 한 시간쯤 옥신각신하고 있으니 불쑥 너구리가 나타났다. 나중에 들었지만 사환이 학교에 소동이 일어났다고 일부러 교장을 찾아갔다고 한다. 이만한 일에 교장을 부르다니 정말이지 패기가 없는 놈이다. 그러니 중학교 사환이나 하고 있는 거다.

교장은 대충 내 설명을 들었다. 학생들의 말도 잠깐 들었다.

"추후 처분이 내려질 때까지 평소와 다름없이 학교에 나와라. 빨리 세수하고 아침을 먹지 않으면 수업시간에 늦을 테니 빨리 움직여라."

교장은 이렇게 말하고 기숙사생들을 모두 돌려보냈다. 미온적인 처사다. 나 같으면 그 자리에서 기숙사생 전원을 퇴학시켜버렸을 것이다. 이렇게 일 처리를 태평하게 하니까 학생들이 숙직하는 선생을 깔보는 것이다. 게다가 나에게는 여러모로 걱정하느라 피곤할 테니 오늘 수업은 쉬어도 좋다는 것이었다. 그래서 나는 이렇게 대답했다.

"아닙니다. 전혀 걱정하지 않습니다. 이런 일이 매일 밤 있어도 목숨이 붙어 있는 한 걱정 없습니다. 수업은 하겠습니다. 하룻밤쯤 못 잤다고 수업을 못할 정도라면, 받은 월급 중에서 그만큼 학교에 돌려드리겠습니다."

교장은 무슨 생각을 한 건지 한참 내 얼굴을 들여다보더니 이렇게 말했다.

"하지만 얼굴이 꽤 부었네요."

그러고 보니 어쩐지 얼굴이 묵직한 느낌이다. 게다가 온통 가려웠다. 모기에게 어지간히 물린 모양이다. 나는 얼굴 전체를 박박 긁으면서 말했다.

"얼굴이 아무리 부었어도 입은 놀릴 수 있으니 수업하는 데는 지장이 없을 겁니다."

"정말 의욕적이시군요."

교장은 웃으면서 칭찬했다. 사실은 칭찬한 게 아니라 조롱했을 것이다.

5

"자네, 낚시하러 가지 않겠나?"

빨간 셔츠가 내게 물었다. 빨간 셔츠는 기분 나쁠 정도로 목소리가 나긋나긋한 사람이다. 남자인지 여자인지 도통 알 수가 없다. 사내라면 사내다운 목소리를 내야 하는 법이다. 더구나 대학까지 졸업한 사람 아닌가. 물리학교 출신인 나도 사내다운 목소리를 내는데 문학사가 그래서야 꼴사납지 않은가.

"글쎄요."

나는 다소 내키지 않은 듯 대답했다.

"낚시를 해본 적은 있나?"

빨간 셔츠는 실례되는 질문을 한다.

"별로 없지만, 어렸을 때 고우메 유료 낚시터에서 붕어 세 마리를 낚은 적이 있습니다. 그 후에 가구라자카의 비샤몬텐(毘沙門天)[1] 잿날

---

[1] 원래는 사천왕의 하나인데, 일본에서는 재물을 가져다주는 신으로 모셔지며 칠복신의 하나다.

25센티미터쯤 되는 잉어가 걸려, 됐다 싶었는데 풍덩 하고 빠뜨리고 말았지요. 지금 생각해도 아쉽습니다."

"호호호호."

빨간 셔츠는 턱을 내밀고 웃었다. 굳이 그렇게 거드름을 피우며 웃지 않아도 될 텐데 말이다.

"그렇다면 아직 낚시의 묘미를 모르겠군. 원한다면 한 수 가르쳐주겠네."

꽤나 잘난 척한다. 누가 배우고 싶다고 했나. 대체로 낚시나 사냥을 하는 사람들은 모두 비정한 인간들뿐이다. 비정하지 않다면 살생을 하며 즐거워하지는 않을 것이다. 물고기든 새든 죽임을 당하는 것보다는 살아 있는 것이 즐거울 게 뻔하다. 낚시나 사냥을 하지 않고는 살아갈 수 없다면 별개의 문제지만, 아무 어려움 없이 살면서 생명을 죽이지 않으면 잠이 오지 않는다니 정말 분에 넘치는 소리다. 이렇게 생각은 하면서도 상대가 문학사인 만큼 언변에 능할 테니 논쟁으로는 당할 수 없다고 생각하여 잠자코 있었다. 그러자 나를 항복시켰다고 착각한 모양인지 자꾸 권한다.

"당장 가르쳐줌세. 시간 있으면 오늘 같이 가는 게 어떤가? 요시카와 선생하고 둘이서만 가면 적적하니 같이 가세."

요시카와는 미술 선생으로, 예의 그 알랑쇠다. 알랑쇠는 무슨 속셈인지 아침저녁으로 빨간 셔츠의 집에 드나들고 어디든 따라다닌다. 동료라기보다 주종관계 같다. 빨간 셔츠가 가는 곳이라면 알랑쇠도 반드시 따라가기 때문에 새삼 놀라운 일도 아니지만, 둘이 가면 될 것을 왜 무뚝뚝한 나에게 권하는 것일까. 아마 시건방진 낚시 취미여서 자신이 낚는 걸 자랑할 생각으로 나에게 권했을 것이다. 그런 일로 자랑하게 내버려둘 내가 아니다. 참치 두세 마리 낚는다고 꿈쩍이나 할 것 같은가. 나도 인간이다. 아무리 서툴다고 해도 줄만 던지면 뭐든 걸릴 것이다. 여기서 내가 가지 않으면, 빨간 셔츠는 분명히 내가 낚시를 싫어해서 가지 않는 게 아니라 낚시가 서툴러서 가지 않는 것이라고 곡해할 것이다. 나는 이렇게 생각했기에 "갑시다, 까짓것" 하고 대답했다.

학교 일과가 끝나고 일단 하숙집에 돌아가 준비물을 챙겼다. 역에서 빨간 셔츠와 알랑쇠를 만나 기차를 타고 바닷가로 갔다. 뱃사공은 한 명이고, 배는 도쿄에서는 본 적이 없는, 좁고 길쭉한 모양이다. 조금 전부터 아무리 배 안을 둘러보아도 낚싯대라고는 하나도 보이지 않는다.

"낚싯대 없이 낚시를 할 수 있는 거요? 어떻게 할 생각이오?"

나는 알랑쇠에게 물었다.

"바다낚시에는 낚싯대를 안 씁니다. 줄만 있으면 되거든요."

알랑쇠는 턱을 만지며 전문가처럼 말했다. 이렇게 끽소리도 못할 줄 알았으면 처음부터 가만히 있을 걸 그랬다.

뱃사공은 그저 천천히 노를 젓는 것 같았는데 숙련의 힘은 참으로 무서워서 뒤를 돌아보니 어느새 해변이 조그맣게 보일 정도로 멀리 나와 있다. 고하쿠지(高柏寺)의 오층탑이 숲 위로 솟아나와 바늘처럼 뾰족하다. 반대쪽을 보니 아오시마(青嶋)가 떠 있다. 사람이 살지 않는 섬이라고 한다. 자세히 보니 돌과 소나무뿐이다. 그렇지, 돌과 소나무뿐이라면 살 수 없겠지. 빨간 셔츠는 멋진 경치라는 말을 연발한다. 알랑쇠는 절경이라고 말한다. 절경인지 어떤지는 모르겠으나 확실히 기분은 좋았다. 드넓은 바다 위에서 바닷바람을 맞는 것은 약이 될 거라는 생각이 들었다. 배가 너무 고팠다.

"저 소나무 좀 보게. 줄기가 곧고 위쪽이 우산처럼 펼쳐져 있어 터너[2]의 그림에나 나올 법한 모양 아닌가."

빨간 셔츠가 알랑쇠에게 말한다.

"정말 영락없는 터너네요. 아무래도 저렇게 구부러지는 모양새는 다시없지요. 영락없는 터너입니다."

터너가 뭔지 몰랐지만 몰라도 곤란할 건 없었기에 잠자코 있었다. 배는 섬을 오른쪽으로 바라보며 빙 돌았다. 물결은 아주 잔잔했다. 이게 바다인가 싶을 정도로 잔잔하다. 빨간 셔츠 덕분에 아주 유쾌하다. 할 수만 있다면 저 섬에 올라가 보고 싶어 물어보았다.

"저 바위 있는 데는 배를 댈 수 없습니까?"

"대지 못할 거야 없지만 낚시를 하기에 물가는 그리 좋지 않다네."

빨간 셔츠가 이의를 제기했다. 나는 잠자코 있었다. 그러자 알랑쇠가 쓸데없는 제안을 했다.

"어떻습니까? 교감 선생님. 앞으로 저 섬을 터너 섬이라 부르지 않겠습니까?"

"그거 참 재미있네. 우리는 앞으로 그렇게 부르기로 하세."

빨간 셔츠가 찬성했다. 그 우리에 나도 포함되는 건 곤란하다. 나에게는 아오시마로 충분하다.

"저 바위 위에, 어떻습니까? 라파엘로[3]의 마돈나를 세워놓으면, 멋진 그림이 될 것 같은데요."

---

2 조지프 말로드 윌리엄 터너(Joseph Mallord William Turner, 1775~1851). 영국의 풍경화가. 프랑스, 이탈리아, 스코틀랜드 등을 여행하고 수많은 풍경화를 그렸다. 영국 최초로 자연광을 표현하여 새로운 영역을 개척함으로써 인상파 화가들에게 영향을 주었다.

알랑쇠가 말했다.

"마돈나 얘기는 그만두기로 하지. 호호호호."

빨간 셔츠가 기분 나쁘게 웃었다.

"어떻습니까? 아무도 없으니 괜찮습니다."

알랑쇠가 얼른 내 쪽을 봤지만 나는 일부러 외면하고는 히죽히죽 웃었다. 왠지 불쾌한 기분이 들었다. 마돈나든 마누라든 나와는 상관없는 일이니 멋대로 세워놓든 말든 자기들 마음이겠지만, 남이 알아들을 수 없는 소리를 하면서 들어도 모를 테니까 상관없다는 식이다. 천박한 짓이다. 그런데도 본인은 자기도 도쿄 토박이라고 떠벌린다. 마돈나라는 건 어쩌면 빨간 셔츠가 단골로 찾는 게이샤의 별명일 거라고 생각했다. 단골로 찾는 게이샤를 무인도 소나무 아래 세워놓고 바라보는 건 손쉬운 일이다. 그것을 알랑쇠가 화폭에 담아 전시회에 출품이라도 하면 가관일 것이다.

"여기가 좋을 겁니다."

뱃사공이 배를 멈추고 닻을 내렸다. 빨간 셔츠가 얼마나 깊은지를 물었다.

"10미터쯤 될 겁니다."

"10미터쯤이라면 도미는 어렵겠는걸."

빨간 셔츠는 이렇게 말하며 낚싯줄을 바다에 던졌다. 이 사람, 도미라도 낚을 모양이다. 대담한 위인이다.

"별말씀을요. 교감 선생님 솜씨면 낚으실 겁니다. 게다가 파도도 일

3 라파엘로 산치오(Raffaello Sanzio, 1483~1520). 이탈리아 문예부흥기의 화가. 미켈란젤로, 레오나르도 다빈치와 함께 르네상스의 3대 화가라 칭해진다. 〈시스티나의 마돈나(Madonna Sistina)〉(1512) 등의 성모상은 우아한 아름다움으로 유명하다.

지 않고 잔잔하니까요."

알랑쇠가 입에 발린 말을 하면서 자기도 줄을 풀어 던진다. 어쩐 일인지 줄 끝에 낚싯봉 같은 납덩이만 달려 있을 뿐이다. 찌가 없다. 찌 없이 낚시를 하는 건 온도계 없이 기온을 재는 것이나 마찬가지다. 나는 도저히 할 수 없을 것 같아 보고만 있었다.

"자, 자네도 해보지 그러나. 그런데 줄은 있나?"

빨간 셔츠가 묻는다.

"줄은 얼마든지 있습니다만 찌가 없습니다."

"찌가 없어 낚시를 못한다면 초보자지. 이렇게 줄이 밑바닥에 닿게 하고 뱃전에서 집게손가락으로 적당한 시기를 가늠하는 거라네. 물면 바로 손에 느낌이 오거든."

"아, 걸렸다."

빨간 셔츠가 급히 줄을 걷어 올리기 시작하기에 뭔가 걸린 줄 알았더니 아무것도 걸리지 않고 미끼만 없어졌다. 고소하다.

"교감 선생님, 참 아깝네요. 지금 것은 분명히 큰 놈이었는데, 교감 선생님 솜씨로도 놓치셨으니 오늘은 방심할 수 없겠는데요. 하지만 놓쳐도 찌와 눈싸움만 하고 있는 사람들보다는 낫습니다. 마치 브레이크가 없으면 자전거를 탈 수 없다는 것이나 다름없으니까요."

알랑쇠는 묘한 소리만 지껄이고 있다. 한 대 후려갈겨줄까 하고 생각했다. 나도 사람이다. 교감 혼자 전세 낸 바다도 아닐 테고. 드넓은 곳이다. 의리상 다랑어 한 마리쯤 걸려주겠지 하는 생각에 텀벙 하고 추와 줄을 던져놓고 적당히 손가락 끝으로 놀리고 있었다.

잠시 후 뭔가가 줄에 툭툭 닿았다. 나는 생각했다. 이놈은 물고기가 틀림없다. 살아 있는 놈이 아니면 이렇게 툭툭 건드릴 리가 없다. 됐다! 걸렸다! 하고 줄을 세게 당겨 올렸다.

"아니, 물었습니까? 후생가외(後生可畏)[4]라더니."

알랑쇠가 놀리고 있는 사이에 줄은 이미 거의 끌어올려져 1미터 50센티미터 정도만 물에 잠겨 있었다. 뱃전에서 내려다보니 금붕어처럼 줄무늬가 있는 물고기가 줄에 매달려 좌우로 떠돌며 끌려 올라온다. 재미있다. 수면으로 올라올 때 팔딱거리는 바람에 내 얼굴은 온통 바닷물투성이가 되었다. 간신히 잡아서 낚싯바늘을 빼내려고 했지만 좀처럼 빠지지 않는다. 물고기를 잡은 손이 미끈미끈하다. 몹시 기분이 나빴다. 귀찮아서 줄까지 함께 바다에 내던졌더니 물고기는 곧 죽고 말았다. 빨간 셔츠와 알랑쇠는 놀란 표정으로 보고 있다. 나는 바닷물에 손을 첨벙거리며 씻고는 코끝에 대고 냄새를 맡아보았다. 여전히 비리다. 이제 넌더리가 난다. 무슨 물고기가 잡히든 만지고 싶지 않다. 물고기도 잡히고 싶지 않을 것이다. 서둘러 줄을 감아버렸다.

"마수걸이를 한 건 대단한 일이지만, 고루키[5] 정도야 어디."

알랑쇠가 또 건방을 떨며 말했다.

"고루키라고 하면 러시아 작가[6] 같은 이름이군그래."

빨간 셔츠가 신소리를 한다.

"그렇군요. 러시아 작가로군요."

알랑쇠는 곧 맞장구를 치고 나선다. 고루키는 러시아 문학자고, 마루키[7]는 도쿄 시바의 사진사고, 고메노나루키[8]는 생명의 은인이겠지.

---

4 『논어』「자한편(子罕篇)」에 나오는 말로, 후생은 장래에 무한한 가능성을 가지고 있으므로 가히 두려운 존재라는 뜻이다.

5 용치놀래기.

6 막심 고리키(Maxim Gorki, 1868~1936)를 말함.

7 마루키 리요(丸木利陽, 1854~1923). 1880년 도쿄에서 일본 최초의 사진관을 개업한 인물.

원래 이 빨간 셔츠에게는 나쁜 버릇이 있다. 누구를 만나든 외국인 이름을 늘어놓고 싶어 한다. 사람에게는 각자 전문 분야가 있는 법이다. 나 같은 수학 교사가 고루키인지 샤리키(車力)[9]인지 어떻게 알겠는가. 조금은 삼가는 것이 좋다. 이왕 할 거라면 『프랭클린 자서전』[10]이라든가 『푸싱 투 더 프런트*Pushing to the Front*』[11]라든가 하는 나도 알고 있는 이름을 쓰든가. 빨간 셔츠는 때로 《데이코쿠분가쿠(帝國文學)》[12] 같은 새빨간 표지의 잡지를 학교에 가져와 소중히 하며 읽는다. 산미치광이의 이야기로는 빨간 셔츠가 주워섬기는 외국인 이름은 다 그 잡지에서 나온 거라고 한다. 《데이코쿠분가쿠》도 죄 많은 잡지다.

그 후 빨간 셔츠와 알랑쇠는 열심히 낚시질을 해서 한 시간 동안 둘이서 열대여섯 마리를 낚았다. 우스꽝스럽게도 올라오는 것은 몽땅 고루키뿐이었다.

"도미 같은 건 약에 쓰려고 해도 안 보이는구먼. 오늘은 러시아 문학 복이 터졌어."

빨간 셔츠가 알랑쇠에게 말했다.

"교감 선생님 솜씨로도 고루키니까, 저 같은 사람이야 고루키를 낚는 건 어쩔 수 없는 일입니다. 당연하지요."

알랑쇠가 대답했다. 사공에게 들으니, 이 작은 물고기는 뼈가 많고

---

8 米のなる木(고메노나루키). 쌀(고메)이(노) 열리는(나루) 나무(키).

9 짐수레꾼.

10 미국의 정치가 벤저민 프랭클린(Benjamin Franklin, 1706~1790)의 자서전으로, 메이지 시대 일본 중학교 영어 교재로 자주 사용되었다.

11 미국의 오리슨 스웨트 마든(Orison Swett Marden, 1850~1924)의 저서로, 공리주의적 처세술을 주장한다. 메이지 시대 일본 중학교 교재로 자주 쓰였다.

12 도쿄제국대학 문과대학(현 도쿄 대학 문학부)과 관계된 교수와 학생 등이 만든 제국문학회의 기관로로 1895년에 창간되었다. 창간 당시의 표지는 진홍색 바탕에 하얀 꽃으로 장식된 펫목 무늬가 들어간 대담한 도안이었다.

맛이 없어 도저히 먹을 수 없고 다만 거름으로는 쓸 수 있다고 한다. 빨간 셔츠와 알랑쇠는 열심히 거름을 낚고 있는 셈이다. 딱하기 짝이 없다. 나는 한 마리 낚고 질려버려서 아까부터 배 바닥에 드러누워 드넓은 하늘을 바라보고 있었다. 낚시보다는 훨씬 운치가 있다.

그러자 두 사람은 나직한 소리로 무슨 얘기를 시작했다. 나에게는 잘 들리지 않았고 또 듣고 싶지도 않았다. 나는 하늘을 바라보며 기요를 생각했다. 돈이 있어 기요를 데리고 이렇게 아름다운 곳으로 놀러 오면 얼마나 좋을까. 아무리 경치가 좋아도 알랑쇠 같은 인간과 함께 오면 재미없다. 기요는 쭈글쭈글한 할멈이지만 어디를 데려가든 부끄럽다는 마음이 들지 않는다. 알랑쇠 같은 인간은 마차를 타든 배를 타든 료운카쿠(凌雲閣)[13]에 오르든 도무지 가까이하고 싶지가 않다. 내가 교감이고 빨간 셔츠가 나라면 역시 나에게 알랑거리며 비위를 맞추고 빨간 셔츠를 조롱했을 것이다. 도쿄 토박이는 경박하다고 하는데, 역시 이런 자가 시골을 돌아다니며, "나는 도쿄 토박이외다" 하는 말을 거듭하면 경박한 것은 도쿄 토박이고, 도쿄 토박이는 경박하다고 시골 사람들이 생각할 게 뻔하다. 이런 생각을 하고 있는데 무슨 일인지 두 사람이 낄낄거리며 웃었다. 웃음소리 사이로 무슨 말이 들렸는데 띄엄띄엄 들려 도무지 무슨 말인지 알 수가 없다.

"예? 글쎄요……"

"……정말 그렇네요…… 모르니까요…… 죄지요."

"설마……"

---

13 도쿄의 아사쿠사 공원 안에 있던, 높이 52미터의 팔각형 탑. 12층이어서 속칭 '아사쿠사 12층'으로도 불렸다. 구름(雲)을 능가(凌)할 정도로 높다고 해서 료운카쿠(凌雲閣)다. 각종 판매점과 휴게실, 전망대를 갖추고 있었는데, 간토 대지진 때 붕괴되었다.

"메뚜기를…… 정말입니다."

나는 다른 말에는 귀를 기울이지 않았지만 '메뚜기'라고 한 알랑쇠의 말을 들었을 때는 나도 모르게 몸이 굳어졌다. 알랑쇠는 무슨 속셈인지 '메뚜기'라는 말만 유독 힘을 주어 말하여, 내 귀에 또렷이 들리게 하고는 그 뒤 이야기는 일부러 흐려버렸다. 나는 꼼짝 않고 계속 듣고 있었다.

"또 그 홋타가……"

"그럴지도 모르지……"

"덴푸라…… 하하하하하."

"……선동해서……"

"경단도……?"

대화는 이렇게 띄엄띄엄 이어졌지만 메뚜기라는 둥 덴푸라라는 둥 경단이라는 둥의 말로 미루어보아 아무래도 나에 대해 쑥덕거리고 있는 것이 틀림없었다. 얘기할 거라면 좀 더 큰 소리로 하든가, 또 쑥덕거릴 거라면 아예 나를 데려오지 말든가. 참 지겨운 놈들이다. 메뚜기든 깍두기든 잘못은 나에게 있는 게 아니다. 교장이 우선 자기에게 맡기라니까 너구리의 체면을 봐서 지금은 참고 있는 것이다. 알랑쇠 주제에 쓸데없는 참견을 하고 있다. 붓이나 빨면서 틀어박혀 있을 것이지. 내 일은 조만간 나 혼자 해결할 것이니 상관은 없지만, '또 그 홋타가'라든가 '선동해서'라는 말이 마음에 걸린다. 홋타가 나를 부추겨 소동을 확대시켰다는 뜻인지, 아니면 홋타가 학생들을 선동해서 나를 괴롭혔다는 것인지 갈피를 잡을 수 없다. 푸른 하늘을 보고 있으니 햇빛이 점점 약해지면서 좀 쌀랑한 바람이 불기 시작했다. 향 연기 같은 구름이 투명한 하늘 위를 조용히 퍼져 나가는가 싶더니 어느새 하늘

속으로 깊이 흘러들어 엷은 안개처럼 되었다.

"이제 돌아갈까?"

빨간 셔츠가 문득 생각난 듯 말했다.

"예. 마침 돌아갈 시간이네요. 오늘 밤에는 마돈나님을 만나십니까?"

알랑쇠가 묻는다.

"쓸데없는 소리 말게, 오해라도 하면⋯⋯"

빨간 셔츠가 뱃전에 기대고 있던 몸을 일으키며 고쳐 앉는다.

"에헤헤헤헤헤헤. 괜찮아요, 들어봤자⋯⋯"

알랑쇠가 돌아보았을 때 나는 부릅뜬 눈으로 그의 이마 위를 정통으로 쏘아보았다. 알랑쇠는 눈이 부신 척하며 일부러 나자빠지고는 "이야, 이거 두 손 들었네" 하며 목을 움츠리고 머리를 긁적였다. 어쩌면 저렇게 약아빠졌단 말인가.

배는 조용한 바다를 가로질러 바닷가로 돌아간다.

"자네는 낚시를 별로 좋아하지 않는 것 같군."

빨간 셔츠가 물었다.

"예, 드러누워 하늘을 보는 것이 더 좋습니다."

나는 이렇게 대답하고는 피우던 담배를 바다 속에 내던졌더니 칙 하는 소리를 내며 노 끝으로 갈라지는 물결 위를 넘실거리며 떠다녔다.

"자네가 와서 학생들도 아주 좋아하고 있으니 분발해주게."

이번에는 낚시와 전혀 무관한 이야기를 꺼냈다.

"별로 좋아하지 않을걸요."

"아니야, 빈말이 아닐세. 정말 기뻐하고 있다네. 그렇지 않나? 요시카와 선생."

"기뻐하는 정도가 아니지요. 아주 난리가 났습니다."

알랑쇠는 히죽히죽 웃었다. 이자가 하는 말은 하나하나 비위에 거슬리는 게 참 묘하다.

"하지만, 자네, 조심하지 않으면 위험하다네."

빨간 셔츠가 말했다.

"어차피 위험합니다. 이렇게 된 이상 위험은 각오하고 있습니다."

사실 내가 면직을 당하든, 기숙사생 전체가 나에게 용서를 빌든, 둘 중 하나가 아니면 안 된다는 생각을 하고 있었다.

"그렇게 말하면 더 이상 할 말은 없네만…… 실은 나도 교감으로서 자네를 위하는 마음에서 하는 말이니 나쁘게 받아들이지는 말게."

"교감 선생님은 선생님에게 전적으로 호의를 가지고 계십니다. 저도 미흡하지만, 같은 도쿄 토박이라서 선생님이 되도록 오랫동안 학교에 남아 있기를 바라고, 서로에게 힘이 됐으면 합니다. 이래 봬도 보이지 않는 데서 애를 쓰고 있거든요."

알랑쇠가 사람다운 소리를 했다. 알랑쇠 신세를 질 바엔 차라리 목을 매고 죽는 게 낫다.

"그래서 말인데, 학생들은 자네가 온 것을 대단히 환영하고 있지만, 거기에는 여러 가지 사정이 있다네. 자네도 화나는 일이 있겠지만, 지금은 참을 때라고 생각하고 견뎌주게. 절대 자네에게 해로운 일은 하지 않을 테니까."

"여러 가지 사정이라니 어떤 사정입니까?"

"그게 좀 복잡하긴 한데, 뭐 차츰 알게 될 걸세. 내가 이야기하지 않아도 자연스럽게 알게 될 거야, 그렇지 않나, 요시카와 선생?"

"예, 꽤 복잡해놔서 하루아침에는 도저히 알 수 없지요 하지만 차츰 알게 될 겁니다. 제가 얘기하지 않아도 자연스럽게 알게 될 겁니다."

알랑쇠는 빨간 셔츠와 같은 말을 한다.

"그렇게 번잡한 사정이라면 듣지 않아도 상관없습니다만, 선생님께서 얘기를 꺼냈으니 물어본 겁니다."

"그건 당연한 말이네. 내가 말을 꺼내놓고 말을 자르는 건 무책임하겠지. 그럼 이 말만은 해두겠네. 자네한테는 실례되는 말이네만, 자네는 이제 학교를 갓 졸업해서 교사도 처음으로 경험하는 거 아니겠나. 그런데 학교라는 곳은 사사로운 정이나 관계에 얽매이는 곳이라 학생 때 생각하는 것처럼 산뜻하게 돌아가지는 않는다는 거지."

"산뜻하게 돌아가지 않으면 어떤 식으로 돌아가는 건데요?"

"글쎄, 자네는 그렇게 솔직하니까 아직 경험이 부족하다는 건데……"

"어차피 경험은 부족할 겁니다. 이력서에도 썼습니다만, 23년 4개월밖에 안 살았으니까요."

"그래서 생각지도 못한 데서 이용당하는 수가 있는 거네."

"정직하게 살면 누가 이용하든 두렵지 않습니다."

"물론 두렵지 않지. 두렵지는 않지만 이용당한다네. 실제로 자네 전임자가 당했으니까 조심하지 않으면 안 된다는 거네."

알랑쇠가 얌전해졌다 싶어 돌아보았더니 어느새 고물 쪽에서 뱃사공과 낚시 이야기를 하고 있다. 알랑쇠가 없으니 이야기하기가 꽤 편해졌다.

"제 전임자가 누구한테 이용당했습니까?"

"누구라고 지목하면 그 사람의 명예에 관계된 거니까 말할 수는 없네. 또 확실한 증거가 있는 것도 아닌 일이니까 말하면 이쪽에 잘못이 있게 되지. 어쨌든 어렵게 왔으니까 여기서 실패하면 우리도 자네를 불러온 보람이 없지 않나. 아무쪼록 조심해주게."

"조심하라고 하시지만 지금보다 더 조심할 수는 없습니다. 나쁜 짓만 하지 않으면 되겠지요."

"호호호호."

빨간 셔츠는 웃었다. 특별히 내가 웃음을 살 만한 이야기를 한 기억은 없다. 이날 이때까지 살아온 대로 하면 된다고 굳게 믿고 있다. 생각해보면, 세상 사람들 대부분은 나빠지는 일을 장려하고 있는 것 같다. 나빠지지 않으면 사회에서 성공하지 못한다고 믿고 있는 듯하다. 간혹 정직하고 순수한 사람을 보면, 도련님이라는 둥 애송이라는 둥 트집을 잡아 경멸한다. 그렇다면 초등학교나 중학교에서 윤리 선생님이 거짓말을 하지 마라, 정직하라고 가르치지 않는 편이 낫다. 차라리 큰맘 먹고 학교에서 거짓말하는 법이라든가 사람을 믿지 않는 비법, 또는 사람을 이용하는 술책 등을 가르치는 것이 이 세상을 위해서도, 당사자를 위해서도 좋을 것이다. 빨간 셔츠가 호호호호 하고 웃은 것은 나의 단순함 때문일 것이다. 단순함이나 진솔함이 비웃음을 사는 세상이라면 어쩔 도리가 없다. 기요는 이럴 때 절대 웃는 법이 없다. 무척 감동하며 들어준다. 기요가 빨간 셔츠보다 훨씬 훌륭하다.

"물론 나쁜 짓을 하지 않으면 좋겠지. 하지만 자기는 나쁜 짓을 하지 않더라도 남의 나쁜 짓을 모르면 역시 봉변을 당하겠지. 세상은 호락호락한 것처럼 보여도, 솔직 담백한 것처럼 보여도, 그리고 친절하게 하숙집을 소개해준다고 해도 절대 방심할 수 없는 사람이 있으니까…… 제법 추워졌군. 벌써 가을인가. 해변 쪽은 안개에 젖어 어두운 갈색이 되었군. 좋은 경치야. 이보게, 요시카와 선생. 어떤가? 저 해변 경치는……"

빨간 셔츠가 큰 소리로 알랑쇠를 불렀다.

"야, 역시 절묘하군요. 시간만 있으면 스케치를 할 텐데…… 그냥 이대로 보고만 있으려니 아깝네요."

알랑쇠가 야단스럽게 떠벌린다.

미나토야 여관 2층에 불이 하나 밝혀지고, 기적 소리가 부우앙 하고 울릴 때 내가 타고 있던 배는 해변 모래사장에 뱃머리를 처박고 멈추었다.

"일찍 돌아오셨네요."

여주인이 해변에 서서 빨간 셔츠에게 인사한다. 나는 뱃전에서 얏 하는 기합 소리와 함께 모래사장으로 뛰어내렸다.

6

알랑쇠가 정말 싫다. 그런 놈은 단무지 누름돌에 매달아 바다 밑에 가라앉혀버리는 것이 일본을 위하는 길이다. 빨간 셔츠는 목소리가 마음에 들지 않는다. 그건 타고난 목소리를 일부러 그렇게 나긋나긋하게 꾸며내는 목소리일 것이다. 아무리 꾸민다고 해도 그 상판으로는 어림없다. 넘어가는 사람이 있어봐야 마돈나 정도일 것이다. 하지만 교감인 만큼 알랑쇠보다는 어려운 말을 한다. 집으로 돌아와서 그자가 한 말을 곰곰이 생각해보면 일단 그럴듯한 것 같기도 하다. 분명한 것은 말하지 않아 짐작할 수는 없지만, 잘은 모르나 산미치광이가 좋지 않은 놈이니 조심하라는 말인 것 같다. 그렇다면 그렇다고 확실히 단언하면 될 것을, 사내답지도 못하다. 그리고 그렇게 나쁜 교사라면 얼른 면직을 시키면 될 일이다. 교감이라는 자가 문학사 주제에 패기도 없다. 험담을 할 때조차 공공연하게 이름을 말할 수 없는 정도의 사내니 겁쟁이일 게 뻔하다. 겁쟁이는 친절한 법이니 빨간 셔츠도 여자처럼 친절한 사람일 것이다. 친절한 건 친절한 거고 목소리는 목소리니까 목소리가 마음에 들지 않는다고 친절한 것까지 헛되게 하는 것은 이치에 맞지 않는다. 그건 그렇고, 세상은 참 묘하다. 주는 것 없이 미운 놈이 친절하고, 마음 맞는 친구가 나쁜 놈이라니 사람을 완전히 바보로 만들고 있다. 시골이라서 도쿄와는 모든 게 반대인 모양이다. 뒤숭숭한 곳이다. 조만간 불이 얼고 돌이 두부가 될지도 모르겠다. 하지만 산미치광이가 학생들을 선동한다니, 그런 장난을 칠 것 같지는 않은데. 학생들에게 가장 덕망 있는 교사라고 하니 마음만 먹으면 어지간한 일은 할 수 있을지도 모른다. 하지만 무엇보다 그렇게 빙 둘러서 하지 말고 직접 내게 싸움을 걸면 수고를 덜 수 있을 텐데. 내가 방해가 된다면, 사실은 이러저러해서 방해가 되니 사직해달라고 하면 될 것이고. 의논하면 어떻게든 되는 법이다. 그쪽 말이 그럴듯하면 내일이라도 당장 사직해주겠다. 밥벌이할 데가 여기만 있는 것도 아니고. 어디를 가든 길바닥에 쓰러져 죽지는 않을 것이다. 산미치광이도 어지간히 답답한 작자다.

이곳에 왔을 때 제일 먼저 빙수를 사준 사람이 산미치광이였다. 그렇게 겉과 속이 다른 놈에게 빙수를 얻어먹었다는 건 내 체면이 걸린 문제다. 딱 한 그릇만 얻어먹었으니까 1전 5리밖에 빚지지 않았다. 하지만 1전이 됐든 5리가 됐든 사기꾼에게 은혜를 입어서는 죽을 때까지 마음이 편치 못하다. 내일 학교에 가면 당장 1전 5리를 되돌려주자. 나는 기요에게 3엔을 빌렸다. 그 3엔은 5년이 지난 지금까지 갚지 않았다. 갚을 수 없었던 게 아니라 갚지 않은 것이다. 기요는 조만간 갚겠지 하며 내 주머니 사정을 헤아려보거나 하지 않는다. 나도 곧 갚아야지 하면서 마치 남처럼 의리를 내세우지는 않을 생각이다. 내가 그런 걱정을 하면 할수록 기요의 마음을 의심하는 일이 되어 기요의 아름다운 마음에 먹칠을 하는 것과 같아진다. 돈을 갚지 않는 것은 기요를 무시해서가 아니다. 기요를 나의 일부분으로 생각하기 때문이다. 기요와 산미치광이는 애당초 비교가 되지 않지만, 비록 빙수든 감로차든 남에게 신세를 지고도 가만히 있는 것은, 상대를 어엿한 사람으로 보는 것이고 그 사람에 대한 후의에서 나오는 것이다. 내 몫을 내면 그뿐인 것을 마음속으로 고맙게 여기는 것은 돈으로 살 수 없는 보답이다. 아무런 지위가 없다 해도 나는 한 사람의 독립된 인간이다. 독립된 인간이 머리를 숙이는 것은 백만 냥보다 소중한 감사라고 생각해야 한다.

이래 봬도 나는 산미치광이에게 1전 5리를 쓰게 하여 백만 냥보다 귀중한 답례를 했다고 생각하고 있다. 산미치광이는 고맙게 여겨야 한다. 그런데 뒤에서 비열한 짓을 하다니 괘씸한 녀석이다. 내일 가서 1전 5리를 갚아버리면 줄 것도 받을 것도 없게 된다. 그렇게 한 다음에 싸워보자.

여기까지 생각하자 졸음이 몰려와서 쿨쿨 잠들어버렸다. 이튿날은 생각한 일이 있어 여느 때보다 일찍 학교로 가서 산미치광이를 기다렸다. 그런데 산미치광이는 좀처럼 나타나지 않았다. 끝물호박이 들어오고, 한문 선생이 들어오고 알랑쇠가 들어왔다. 마지막으로 빨간 셔츠까지 왔는데 산미치광이의 책상에는 분필 하나만 세로로 놓여 있을 뿐 횅하다. 나는 교무실에 들어가자마자 갚을 생각으로 하숙집을 나설 때부터 욕탕에 갈 때처럼 1전 5리를 손에 꼭 쥔 채 학교까지 왔다. 나는 손에 땀이 많이 나는 편인데 손을 펴보니 1전 5리가 땀을 흘리고 있다. 땀을 흘리고 있는 돈을 주면 산미치광이가 뭐라고 할 것 같아 책상 위에 놓고 후후 불고 다시 쥐었다. 그때 마침 빨간 셔츠가 다가왔다.

"어제는 실례했네. 힘들지 않았나?"

"힘들지는 않았습니다만, 덕분에 배가 좀 고팠습니다."

그러자 빨간 셔츠는 산미치광이의 책상 위에 팔꿈치를 괴고 떡판 같은 얼굴을 내 코 옆으로 들이댔다. 뭘 하나 싶었더니 이런 말을 했다.

"어제 돌아오는 길에 배에서 한 얘기는 비밀로 해주게. 아직 아무한테도 얘기하지 않았을 테지?"

여자 같은 목소리를 내는 만큼 잔걱정이 많은 남자로 보인다. 물론 아무에게도 이야기하지 않았다. 하지만 오늘 그 이야기를 해볼 작정으로 이미 1전 5리까지 손바닥에 쥐고 있는 형편이라, 여기서 빨간 셔츠에게 입막음을 당하면 좀 난감하다. 빨간 셔츠도 빨간 셔츠다. 산미치광이라고 지명하지는 않았다고 해도 그렇게 짐작할 수 있는 수수께끼를 던져놓고 이제 와서 그 수수께끼를 풀면 곤란하다니, 교감답지 않게 무책임하다. 제대로 된 인간이라면 내가 산미치광이와 전쟁을 선포하고 한창 격전을 벌이고 있을 때 나타나 당당히 내 편을 들어주어야 한다. 그래야 한 학교의 교감이고 빨간 셔츠를 입고 있는 뜻도 서는 것이다. 나는 교감에게 아직은 아무한테도 말하지 않았지만 지금부터 산미치광이와 담판을 지을 생각이라고 했더니 빨간 셔츠는 몹시 당황해했다.

"자네, 그런 무모한 짓을 하면 곤란하네. 나는 홋타 선생에 대해서 특별히 자네한테 분명히 말한 기억은 없으니까. 만약 자네가 여기서 난동을 부린다면 내 입장이 아주 난처해질 걸세. 자네는 학교에 소동을 일으키러 온 건 아니지 않은가."

빨간 셔츠는 묘하게 상식 밖의 질문을 했다.

"당연합니다. 월급도 받으면서 소동을 일으킨다면 학교 측도 곤란하겠지요."

"그럼 어제 일은 자네가 참고만 하고 입 밖에 내지는 않는 거지?"

빨간 셔츠는 진땀을 흘리며 부탁했다.

"좋습니다. 저도 난처하지만, 선생님께서 그렇게 곤란하시다면 그만두겠습니다."

나는 약속해주었다.

"자네, 괜찮은 거지?"

빨간 셔츠는 다짐을 했다. 어디까지 여자다운 것인지 그 깊이를 알 수 없다. 문학사라는 게 다들 이런 작자들이라면 한심하다. 이치에 맞지 않고 논리적이지도 않은 주문을 하면서도 태연하다. 게다가 이런 나를 의심하고 든다. 외람된 말이나 나는 남자다. 약속한 일을 뒤돌아서서 파기하는 야비한 생각은 하지 않는다.

그때 내 양 옆 책상 주인들도 출근해서 빨간 셔츠는 서둘러 자기 자리로 돌아갔다. 빨간 셔츠는 걷는 것부터 거드름을 피운다. 교무실 안을 돌아다닐 때도 소리가 나지 않도록 구두를 사뿐히 내려놓는다. 소리를 내지 않고 걷는 것이 자랑거리가 된다는 사실은 이때 처음 알았다. 도둑질 연습하는 것도 아니고, 자연스럽게 걸으면 되는 것을. 잠시 후 수업 시작을 알리는 나팔 소리가 울렸다. 산미치광이는 결국 나타나지 않았다. 하는 수 없이 1전 5리를 책상 위에 놓고 교실로 들어갔다.

첫 시간 수업이 다소 길어져 조금 늦게 마치고 교무실로 돌아왔더니 다른 선생님들은 다들 책상에 앉아 얘기를 하고 있었다. 어느 틈에 산미치광이도 와 있었다. 결근인가 했더니 지각을 한 것이다. 내 얼굴을 보자마자 한마디 했다.

"오늘은 자네 덕분에 지각을 했네. 벌금을 내게."

나는 책상 위에 놓아둔 1전 5리를 산미치광이 앞에 내놓으며 말했다.

"이것 받아두게. 일전에 도리초에서 얻어먹은 빙수 값일세."

"무슨 소리야?"

산미치광이는 웃음을 지었지만, 내가 뜻밖에 진지한 표정을 짓고 있자 돈을 내 책상으로 밀어놓으며 말했다.

"싱거운 농담은 그만두게."

어라, 산미치광이 주제에 끝까지 인심을 쓰겠다 이거군.

"농담이 아니라 진담이네. 나는 자네한테 빙수를 얻어먹을 이유가 없으니까 내는 거네. 안 받을 이유가 어디 있나?"

"1전 5리가 그렇게 맘에 걸린다면 받아두겠네만, 새삼스레 왜 이제 와서 갚는다는 건가?"

"지금이든 언제든 갚는 거네. 얻어먹는 게 싫으니까 갚는 거지."

산미치광이는 냉담하게 내 얼굴을 쳐다보며 흥 하고 콧방귀를 뀌었다. 빨간 셔츠의 부탁만 없었다면 여기서 산미치광이의 비열함을 폭로하고 대판 싸움이라도 벌였겠지만, 입 밖에 내지 않기로 약속한 터라 어쩔 도리가 없었다. 남은 이렇게 얼굴이 벌게져 있는데 흥이라는 건 또 뭔가.

"빙수 값은 받을 테니 하숙방은 비워주게."

"1전 5리만 받으면 됐지, 내가 하숙집을 나가든 말든 그건 내 맘일세."

"그런데 자네 맘대로가 아니라네. 어제 하숙집 주인이 와서 자네가 나가주었으면 좋겠다고 하더군. 그 이유를 물으니 집주인 말도 일리가 있었네. 그래도 다시 한 번 확인해볼 요량으로 오늘 아침 하숙집에 들러서 자세한 이야기를 듣고 왔네."

나는 산미치광이가 무슨 말을 하는지 도통 알 수가 없었다.

"하숙집 주인이 자네한테 무슨 소리를 했는지 내 알 바 아니네. 그렇게 자기 멋대로 정해봤자 아무 소용없는 거 아닌가. 이유가 있다면 그 이유를 말하는 게 순서겠지. 무턱대고 집주인 말만 듣고 일리가 있다니, 그런 무례한 소리가 어디 있나?"

"음, 그렇다면 말해주지. 자네가 너무 무례해서 하숙집에서도 힘들어하고 있다네. 아무리 하숙집 여편네라고 해도 하녀하고는 다르지. 발을 내밀고 닦으라고 하다니, 너무한 거 아닌가?"

"내가 언제 하숙집 여편네한테 발을 닦아달라고 했다고 그러나?"

"닦아달라고 했는지 어쨌는지는 모르지만, 아무튼 그쪽에서는 자네 때문에 난감해하고 있네. 하숙비 10엔이나 15엔은 족자 한 폭만 팔아도 금방 생긴다고 하면서 말이네."

"정말 잘난 척하는 놈이군. 그럼 왜 들였는데?"

"왜 들였는지는 나야 모르지. 들이긴 했지만 싫어졌으니 나가달라는 거겠지. 자네, 나가주게."

"물론 나가지. 있어달라고 빌어도 있을 것 같나? 도대체 그런 트집이나 잡는 집을 소개한 자네부터가 괘씸해."

"내가 괘씸한 건지 자네가 얌전하지 못한 건지, 둘 중 하나겠지."

산미치광이도 나 못지않은 괄괄한 성격이라 지지 않으려고 목청을 높인다. 교무실에 있던 교사들은 무슨 일인가 싶어 다들 고개를 길게 빼고 나와 산미치광이 쪽을 멍하니 보고 있다. 나는 별로 부끄러운 일을 했다고 생각하지 않았기에 일어나면서 교무실 안을 쓰윽 한번 둘러보았다. 다들 놀란 모습들인데 알랑쇠만은 재미있다는 듯 웃고 있었다. 내가 눈을 부릅뜨고, 네놈도 덤빌 생각이냐는 서슬로 알랑쇠의 박고지 같은 얼굴을 쏘아보자 알랑쇠는 돌연 진지한 표정을 지으며 무척 조심스러운 태도를 보였다. 조금은 무서웠던 모양이다. 그러고 있을 때 나팔이 울렸다. 산미치광이도 나도 싸움을 멈추고 교실로 들어갔다.

오후에는 전날 밤 나에게 무례한 행동을 한 기숙사생 처분 문제에 대한 회의가 열렸다. 회의라는 것은 난생처음이라 어떻게 하는 건지 전혀 모르지만, 교직원들이 모여들어 멋대로 된 주장을 하면 교장이 그것을 적당히 정리하는 식일 것이다. 정리한다는 것은 흑백을 가리기 힘든 사항에 대해 쓸 만한 말이다. 이 경우처럼 누가 봐도 괘씸하다고밖에 생각되지 않는 사건에 대해 회의를 하는 것은 요식행위에 불과하다. 누가 뭐라 해석하든 이견이 나올 리 없다. 이렇게 분명한 일은 교장이 그 자리에서 처분해버리면 될 텐데, 어지간히 결단력도 없다. 교장이라는 자가 이렇다면, 별것 아닌, 미적지근하고 굼뜬 사람일 뿐이다.

회의실은 교장실 옆에 있는 좁고 길쭉한 방인데, 평소에는 식당으로 사용된다. 긴 테이블 주위에 까만 가죽을 씌운 의자가 스무 개쯤 놓여 있어, 언뜻 간다에 있는 서양 요리점 같은 분위기다. 테이블 끄트머리에 교장이 앉고, 교장 옆에는 빨간 셔츠가 버티고 있다. 나머지는 각자 마음대로 앉는다고 하는데, 체조 선생만은 겸손하게 늘 말석에 앉는다고 한다. 나는 분위기를 잘 모르기에 박물(博物) 선생과 한문 선생 사이에 끼여 앉았다. 맞은편을 보니 산미치광이와 알랑쇠가 나란히 앉아 있다. 알랑쇠의 얼굴은 아무리 생각해도 못 봐주겠다. 싸움은 했지만 산미치광이 쪽이 훨씬 멋있다. 아버지 장례식 때 고비나타의 요겐지(養源寺)에 걸려 있던 족자 속 얼굴과 아주 닮았다. 스님에게 물어보니 위타천(韋陀天)[1]이라는 괴물이라고 했다. 오늘은 화가 나 있어서인지 눈을 뒤룩뒤룩 굴리면서 가끔 내 쪽을 본다. 그런다고 겁먹을 성싶으냐며 나도 지지 않고 눈을 부라리며 산미치광이를 쏘아보았다. 내 눈은 잘생긴 것은 아니지만 크기에서는 누구에게도 지지 않는다. "도련님은 눈이 커서 배우가 되면 잘 어울릴 거예요" 하고 기요가 자주 말했을 정도다.

"이제 대충 다 모이셨지요?"

교장이 좌중을 향해 물으니, 서기인 가와무라가 하나, 둘, 하며 머릿수를 헤아려본다. 한 사람 부족하다. 나도 한 사람 부족하다고 생각하고 있던 참이니 부족한 건 맞을 것이다. 끝물호박이 오지 않았다. 나와 끝물호박은 전생에 무슨 인연이 있었는지 모르지만, 이 사람의 얼굴을 본 뒤로는 도저히 잊히지가 않는다. 교무실에 들어오면 바로 끝물호박이 눈에 들어오고, 길을 걷다가도 끝물호박의 모습이 마음속에 떠오른다. 온천에 가면 가끔 끝물호박이 퉁퉁 불어 있는 창백한 얼굴로 탕 안에 앉아 있다. 인사를 건네면, "아, 예" 하며 황송한 듯 머리를 숙이기 때문에 미안해진다. 학교에서 끝물호박만큼 점잖은 사람은 본 적이 없다. 좀처럼 웃는 일은 없지만 쓸데없는 말을 하는 일도 없다. 나는 책에서 군자(君子)라는 말을 보아 알고 있지만, 사전에만 있을 뿐 세상에 존재하지 않는다고 생각하고 있었다. 그런데 끝물호박을 보고 나서 비로소, 역시 실체가 있는 말이라는 걸 알고 감탄했을 정도다. 그만큼 관심이 많은 사람의 일이니 만큼 회의실로 들어오자마자

1 힌두교의 신이자 불법을 수호하는 신 중의 하나. 잘 뛴다고 알려져 있다.

끝물호박이 없는 것을 금방 알았다. 솔직히 말하자면 그 사람 옆에 앉을까 하는 생각까지 하며 들어왔을 정도다.

"이제 곧 오겠지요."

교장은 자기 앞에 있는 보라색 비단 보자기를 풀더니 등사판 인쇄물을 꺼내 읽고 있다. 빨간 셔츠는 호박 파이프를 비단 손수건으로 닦기 시작했다. 이게 이 남자의 취미다. 빨간 셔츠에게 딱 어울리는 취미일 것이다. 다른 선생들은 옆 사람과 잡담을 나누고 있다. 할 일이 없어 무료한 사람은 연필 끝에 달린 지우개로 테이블에 자꾸만 뭔가 쓰고 있다. 알랑쇠는 간혹 산미치광이에게 말을 걸지만 산미치광이는 전혀 응하지 않는다. 그저 음, 하거나 아아, 할 뿐이고 때로는 무서운 표정으로 내 쪽을 본다. 나도 지지 않고 쏘아본다.

그때 기다리던 끝물호박이 미안한 표정으로 들어왔다.

"볼일이 있어 좀 늦었습니다."

너구리에게 정중하게 인사했다.

"그럼 회의를 시작하겠습니다."

너구리는 우선 서기인 가와무라에게 인쇄물을 나눠주게 했다. 살펴보니 첫째가 처분 건, 다음이 학생 단속 건, 그밖에 두세 가지 안건이었다. 늘 그렇듯이 너구리는 점잔을 빼며 살아 있는 교육의 신이나 되는 듯이 다음과 같이 말했다.

"학교 직원이나 학생들에게 과실이 있는 것은 모두 제 부덕의 소치입니다. 무슨 사건이 생길 때마다 교장 자리를 지키고 있는 제가 부끄럽기 짝이 없습니다. 불행하게도 이번에 또 이런 소동이 일어난 것에 대해서는 여러분께 깊이 사죄드리겠습니다. 하지만 일단 일어난 이상, 어쩔 수 없이 어떤 처분이든 내리지 않으면 안 됩니다. 사실 여러

분도 이미 알고 계실 것이기 때문에 선후책에 대해 참고할 만한 의견을 허심탄회하게 말씀해주시기 바랍니다."

나는 교장의 말을 듣고 역시 교장이니 너구리니 하는 사람은 근사한 말을 하는구나, 하고 감탄했다. 그런데 이렇게 교장이 모든 일에 대한 책임을 받아들여 자신의 허물이라느니 부덕이라고 할 정도라면 학생에 대한 처분은 그만두고 우선 자신부터 사직하는 것이 좋을 것 같다. 그렇게 하면 이런 귀찮은 회의 같은 것도 열 필요가 없어진다. 무엇보다 상식적으로 봐도 알 수 있다. 내가 얌전히 숙직을 서는데 학생들이 난동을 부렸다면 나쁜 건 교장도 나도 아니고 학생들이다. 만약 산미치광이가 선동을 했다면 학생들과 산미치광이를 내쫓으면 그것으로 충분하다. 남의 허물을 자신이 떠맡고 내 허물이다, 내 허물이다, 하고 떠들어대는 자가 어디 있단 말인가. 너구리가 아니면 할 수 없는 대담한 일이다. 너구리는 이처럼 조리에 맞지 않는 말을 늘어놓고 득의양양하게 모두를 둘러보았다. 그런데 입을 여는 사람이 아무도 없다. 박물 선생은 제1 교사 지붕에 앉아 있는 까마귀를 바라보고 있다. 한문 선생은 인쇄물을 접었다 폈다 하고 있다. 산미치광이는 아직도 내 얼굴을 노려보고 있다. 회의라는 게 이렇게 바보 같은 것이라면 빠지고 낮잠이나 자는 게 낫겠다.

나는 감질나서 제일 먼저 한마디 해주려고 반쯤 엉덩이를 들었는데, 빨간 셔츠가 입을 여는 바람에 그만두었다. 빨간 셔츠는 파이프를 챙겨 넣고 줄무늬가 들어간 비단 손수건으로 얼굴을 훔치면서 말한다. 그 손수건은 마돈나에게 빼앗다시피 한 것일 게다.

"저도 기숙사생들이 난동을 부렸다는 이야기를 듣고 교감으로서 지도를 소홀히 한 점과 평소의 덕화가 아이들에게 미치지 못한 점을

심히 부끄럽게 생각합니다. 그런데 이런 일은 뭔가 결함이 생길 때 일어나는 일로, 사건 자체를 보면 어쩐지 학생들만 잘못한 것 같지만 그 진상을 규명해보면 오히려 책임은 학교 측에 있는지도 모르겠습니다. 그러니까 표면에 드러난 점만으로 엄중한 제재를 가하는 것은 오히려 아이들의 장래를 위해 바람직하지 않은 것 같습니다. 게다가 지금 시기는 혈기가 왕성할 때라 옳고 그른 것을 구분하지 못하고 무의식적으로 그런 장난을 쳤다고 볼 수 있습니다. 그래서 어떤 처분을 내릴지는 물론 교장 선생님께서 생각하고 계실 것이기 때문에 제가 끼어들 수는 없지만, 아무쪼록 그간의 사정을 참작하셔서 되도록 관대한 처분을 바라는 바입니다.'

역시 너구리도 너구리지만, 빨간 셔츠도 빨간 셔츠다. 학생들이 난 농을 부린 것은 학생 잘못이 아니라 교사 잘못이라고 공언하고 있다. 미친놈이 남의 머리를 후려갈기는 것은 맞은 놈이 맞을 짓을 했기 때문이란다. 성은이 망극할 따름이다. 활기가 넘쳐 주체하지 못하겠으면 운동장에 나가 스모라도 할 일이지, 무의식적으로 이불 속에 메뚜기를 넣었다니 말이 되는가. 그런 식이면 자고 있는 내 목을 베도 무의식적으로 한 일이라며 방면할 생각인가.

나는 이런 생각을 하며 뭔가 말하려고 했다. 그런데 이왕 할 거라면 사람들이 깜짝 놀라도록 거침없이 말하지 않으면 소용없다. 나는 평소 화가 났을 때 두세 마디만 하고 나면 꼭 말문이 막히곤 한다. 너구리도 빨간 셔츠도 인품으로 보면 나보다 못하지만, 말재주는 여간 뛰어난 게 아니어서 괜히 허튼소리를 했다가는 말꼬리만 잡고 늘어질 게 뻔하니 좋지 않다. 잠깐 복안을 세워보려고, 마음속으로 문장을 만들어보았다. 그때 앞에 있던 알랑쇠가 벌떡 일어서는 바람에 깜짝 놀랐다. 알랑쇠 주제에 의견을 말하다니 건방지다. 알랑쇠는 평소의 그 실실거리는 말투로 말했다.

"사실 이번 메뚜기 사건과 고함 사건은 우리 양식 있는 교직원으로서 우리 학교의 장래에 대해 은근히 걱정하지 않을 수 없는 진사(珍事)라 생각합니다. 우리 교직원들은 이번 일을 계기로 더욱 분발하여 자신을 돌아보고 전교의 기강을 진숙(振肅)해야 하겠습니다. 그러므로 방금 교장 선생님 및 교감 선생님께서 말씀하신 의견은 실로 긍경(肯綮)에 닿는 개절(凱切)한 생각으로, 저는 철두철미 찬성하는 바입니다. 아무쪼록 관대한 처분을 앙망(仰望)합니다."

알랑쇠가 말한 것은 언어이긴 하지만 의미가 없다. 한자를 연달아 늘어놓았을 뿐 무슨 소린지 통 알 수가 없다. 알아들은 말은 철두철미 찬성한다는 말뿐이다.

나는 알랑쇠가 한 말의 의미는 모르지만, 왠지 굉장히 화가 나서 복안을 미리 준비하지도 못한 채 벌떡 일어서고 말았다.

"나는 철두철미 반대합니다……"

이렇게 내뱉었지만 그다음 말이 갑자기 나오지 않는다.

"……그런 엉터리 같은 처분은 정말 싫습니다."

이렇게 덧붙이자 모두 웃음을 터뜨렸다.

"애초에 학생이 전적으로 잘못한 겁니다. 무슨 일이 있어도 용서를 빌게 하지 않으면 버릇이 됩니다. 퇴학을 시킨다고 해도 상관없습니다…… 뭡니까, 무례하게. 새로 온 교사라고……"

나는 이렇게 말하고 자리에 앉았다. 그러자 오른쪽에 앉아 있던 박물 선생이 약한 소리를 한다.

"학생이 잘못한 것은 맞지만, 너무 엄중한 벌을 내리면 오히려 반

발을 사서 안 됩니다. 역시 교감 선생님이 말씀하신 대로 관대한 쪽에 찬성합니다."

왼쪽에 앉아 있던 한문 선생도 온건한 의견에 찬성한다고 했다. 역사 선생도 교감과 같은 의견이라고 말했다. 화가 치밀었다. 대부분의 선생들이 빨간 셔츠와 한통속이다. 이런 작자들이 모여 학교를 운영하고 있으니 이 모양이겠지. 나는 학생들이 용서를 빌든지 내가 사표를 쓰든지 둘 중 하나라고 정했기 때문에, 만약 빨간 셔츠가 승리를 거둔다면 곧장 하숙집으로 가 짐을 쌀 각오를 하고 있었다. 어차피 이런 패거리를 말로 굴복시킬 재주도 없고, 설사 굴복시킨다 하더라도 언제까지고 이런 자들과 어울려야 하는 것은 내가 싫다. 내가 학교에 없다면 어떻게 되든 무슨 상관인가. 또 내가 무슨 말을 해도 분명히 웃을 것이다. 누가 말하나 봐라, 하고 시치미를 뚝 떼고 있었다.

그러자 지금까지 잠자코 듣고만 있던 산미치광이가 분연히 일어섰다. 이 자식 또 빨간 셔츠에게 찬성을 표하겠지, 어차피 네놈하고는 전쟁이다, 마음대로 하시지, 하고 보고 있으니 산미치광이는 창문이 흔들릴 만큼 우렁찬 목소리로 열변을 토했다.

"저는 교감 선생님 및 그 밖의 다른 선생님들의 의견에 절대 동의할 수 없습니다. 왜냐하면 이 사건은 어떤 점에서 보나 50명의 기숙사생이 새로 온 교사 모씨를 우습게보고 골탕을 먹이려고 한 짓이라고밖에 볼 수 없기 때문입니다. 교감 선생님께서는 그 원인을 교사의 인물 됨됨이에서 찾으시는 것 같은데, 죄송하지만 그건 실언이 아닌가 생각합니다. 모씨가 숙직을 하게 된 것은 부임한 지 얼마 되지 않은 시점의 일로, 학생들과 접촉한 지 채 20일도 되지 않은 때였습니다. 그 짧은 20일 동안 학생들이 선생의 학문이나 인물 됨됨이를 평가

할 수는 없습니다. 우습게보일 타당한 이유가 있어 우습게보였다면, 학생들의 행위를 참작해줄 수도 있겠지만 아무런 이유도 없는데 새로 오신 선생님을 우롱하는 경박한 학생을 관대하게 처분해서는 학교 위신과도 결부된 문제라고 생각합니다. 교육의 정신은 단지 학문을 가르치는 것만이 아니라 고상하고 정직하며 무사적인 기운을 고취시킴과 동시에 야비하고 경솔하며 거칠고 오만한 악습을 소탕하는 데 있다고 생각합니다. 만약 반발이 무섭다거나 소동이 확대되는 것을 우려하여 임시변통하는 날엔 이런 악습은 언제 교정될 수 있을지 알 수 없습니다. 이런 폐습을 근절시키기 위해 저희가 이 학교에 봉직하고 있기 때문에 이를 묵인할 거라면 처음부터 교사가 되지 말았어야 한다고 생각합니다. 저는 이상과 같은 이유로 기숙사생 일동을 엄벌에 처하고, 해당 교사의 면전에서 공개적으로 용서를 구하게 하는 것이 마땅한 일이라 생각합니다.”

이렇게 말하고 산미치광이는 털썩 의자에 앉았다. 모두들 입을 다물고 아무 말도 하지 않았다. 빨간 셔츠는 다시 파이프를 닦기 시작했다. 나는 왠지 기분이 무척 좋았다. 내가 하고 싶었던 말을 산미치광이가 대신 해준 셈이다. 나는 이렇게 단순한 인간이라 방금 전까지의 싸움은 까맣게 잊어버리고 무척 고마워하는 얼굴로, 자리에 앉은 산미치광이를 쳐다보았는데 그는 완전히 모르는 체하고 있었다.

잠시 후 산미치광이가 다시 일어섰다.

“방금 깜박 잊고 말씀드리지 못한 게 있습니다. 그날 밤 숙직 담당 선생님은 숙직을 서다가 외출을 해서 온천에 가셨던 모양인데 그것은 당치도 않은 일이라고 생각합니다. 적어도 한 학교의 숙직을 담당한 사람이라면, 타박하는 사람이 없다고 해서 다른 곳도 아니고 온천에 갔다는 것은 큰 실수입니다. 학생 건은 학생 건이고, 이 점에 대해서는 교장 선생님께서 특별히 책임자에게 주의를 주시기 바랍니다."

묘한 놈이다. 칭찬을 하나 싶더니, 뒤이어 바로 남의 실책을 폭로하고 있다. 나는 그저 지난번 숙직 담당자가 외출한 사실을 알게 되어 다들 그러는 줄 알고 별 생각 없이 온천에 갔을 뿐이다. 하지만 이야기를 듣고 보니 그것은 내가 잘못한 일이다. 공격을 당해도 할 말이 없다. 그래서 나는 다시 일어났다.

"제가 숙직을 서다가 온천에 다녀온 것은 사실입니다. 이것은 정말 잘못된 일입니다. 사과드리겠습니다."

이렇게 말하고 자리에 앉았다. 모두 또 웃음을 터뜨렸다. 내가 무슨 말만 하면 웃는다. 한심한 놈들이다. 네놈들은 이렇게 자기가 잘못한 일을 공개적으로 잘못했다고 시인할 수 있는가, 그럴 수 없으니까 웃는 거겠지.

잠시 후 교장은 이제 더 이상의 의견이 없는 듯하니 잘 생각해서 처리하겠다고 했다. 이왕 말이 나온 김에 결과까지 말하자면, 기숙사생들은 일주일간 외출금지 처분을 받고 내 앞에서 용서를 빌어야 했다. 그놈들이 용서를 빌지 않았다면 바로 사표를 내고 도쿄로 돌아갔을 텐데, 엉겁결에 내가 말한 대로 되는 바람에 나중에 결국 큰일이 벌어지고 말았다. 그 일은 나중에 말하기로 하고, 교장은 이때 회의를 계속한다고 말하며 이런 얘기를 했다.

"학생들의 풍기는 반드시 교사가 모범을 보임으로써 바로잡아야 합니다. 첫 번째 방법으로 선생님들은 가급적 음식점 같은 데 출입하지 않도록 하시기 바랍니다. 물론 송별회 같은 모임이 있을 때는 별개의 문제지만, 혼자 그다지 고상하지 못한 장소에 가는 일은 삼가시기 바랍니다. 예를 들어 메밀국숫집이라든가 경단 가게 같은 곳……"

이 대목에서 또 웃음이 터졌다. 알랑쇠가 산미치광이를 보고 덴푸라, 라고 말하며 눈짓을 했으나 산미치광이는 상대도 하지 않았다. 깨소금 맛이다.

나는 머리가 나빠 너구리가 한 말 같은 건 잘 모르겠지만, 메밀국숫집과 경단 가게에 간다고 중학교 선생 노릇을 할 수 없다면 나 같은 먹보는 도저히 할 수 없다는 생각이 들었다. 그렇다면 애초에 메밀국수와 경단을 싫어하는 사람이라고 조건을 달아 채용하면 될 것 아닌가. 나야 상관없으니 말이다. 아무 말 없이 임명해놓고 국수를 먹지 마라, 경단을 먹지 마라, 하고 고약한 포고령을 내리는 것은, 나처럼 다른 낙이 없는 사람에게는 엄청난 타격이다. 그러자 또 빨간 셔츠가 입을 열었다.

"원래 중학교 선생은 사회 상류에 속하는 만큼 물질적인 쾌락만을 추구해서는 안 됩니다. 그런 것에 빠지면 결국 품성에 나쁜 영향을 미치게 됩니다. 하지만 인간이기 때문에 뭔가 낙이 없으면 이렇게 좁은 지역에서는 도저히 살 수 없습니다. 그래서 낚시를 한다거나 문학서를 읽는다거나 또는 신체시나 하이쿠를 짓는다거나, 어떻게든 고상하고 정신적인 오락거리를 찾지 않으면 안 됩니다."

잠자코 듣고 있자니 자기 멋대로 열변을 토하고 있다. 바다에 나가 거름을 낚고, 고루키를 러시아 문학자로 만들고, 단골 게이샤를 소나무 아래에 세워두고, 오래된 연못에 개구리가 뛰어든다[2]는 것이 정신적 오락이라면 덴푸라메밀국수를 먹고 경단을 먹는 것도 정신적 오락

---

2 마쓰오 바쇼(松尾芭蕉, 1644~1694)의 하이쿠. "오래된 연못이여, 개구리 뛰어드는 물소리(古池や蛙飛こむ水のおと)."

이다. 그런 쓸데없는 오락을 가르치는 것보다 빨간 셔츠나 빨 일이지. 나는 너무 화가 치밀어 이렇게 따져물었다.

"마돈나를 만나는 것도 정신적인 오락입니까?"

그러자 이번에는 아무도 웃지 않는다. 이상한 얼굴로 서로 눈치만 살피고 있다. 빨간 셔츠는 난처한 듯 고개를 숙였다. 그것 보라고. 한 방 먹었지. 다만 딱한 이는 끝물호박으로, 내가 이렇게 말했더니 창백한 얼굴이 더욱 창백해졌다.

7

나는 그날 밤 하숙방을 비웠다. 하숙집으로 돌아가 짐을 정리하고 있으니 안주인이 물었다.

"무슨 불쾌한 일이라도 있었나요? 화나신 일이 있었다면 말씀만 해주세요. 고쳐나갈게요."

정말 놀랍다. 세상에는 왜 이렇게 요령부득인 자들만 있는 것일까. 나가달라는 건지 있어달라는 건지 도무지 알 수가 없다. 마치 미치광이들 같다. 이런 자들을 상대로 싸움을 한들 도쿄 토박이로서 명예만 손상될 뿐이라 짐수레꾼을 데려와 지체 없이 나와버렸다.

나오기는 했으나 따로 갈 곳을 정해놓은 것은 아니었다.

"어디로 가십니까?"

짐수레꾼이 물었다.

"잠자코 따라오게. 곧 알게 될 테니."

이렇게 말하고는 종종걸음으로 걸었다. 귀찮아서 야마시로야로 갈까도 생각해봤지만 다시 나와야 하니 번거로울 뿐이다. 이렇게 걸어가다 보면 하숙이든 뭐든 간판이 걸린 집을 찾을 수 있을 것이다. 그러면 그곳이 하늘이 정해준 내 거처라 생각하자. 이렇게 생각하며 한적하고 살기 좋을 듯한 곳을 뱅글뱅글 돌아다니다가 결국 가지야초까지 와버렸다. 이곳은 예전에 무사들이 살던 곳으로 하숙집 같은 게 있을 리 없는 동네인지라 좀 더 번화한 곳으로 돌아갈까도 생각했다. 하지만 문득 좋은 생각이 떠올랐다. 내가 경애하는 끝물호박이 이 동네에 살고 있다. 끝물호박은 이곳 토박이로서 조상 대대로 내려오는 집을 소유하고 있는 만큼 이 근방 사정에는 훤할 것이다. 끝물호박을 찾아가 물어보면 괜찮은 하숙을 찾아줄지도 모른다. 다행히 한 번 인사하러 간 적이 있어 집을 알고 있으니 찾아다녀야 하는 번거로움도 없다. 이쯤일 거라고 대충 짐작하고 "실례합니다! 계십니까?" 하고 두 번 불렀다. 그러자 안에서 쉰 살쯤 되어 보이는 노인이 고풍스러운 등잔불을 들고 나왔다. 나는 젊은 여자도 싫어하지 않지만, 노인을 보면 왠지 정겨운 기분이 든다. 아마도 기요를 좋아하니 그 마음이 여러 할머니들에게 옮겨진 모양이다. 아마 끝물호박의 어머니일 것이다. 목 부근에서 가지런히 잘라 늘어뜨린 머리의 기품 있는 부인인데 끝물호박과 닮았다.

"자, 들어오세요."

나는 잠깐 뵙고만 가겠다며 끝물호박을 현관까지 불러내 실은 이러저러해서 왔는데 어디 적당한 데가 없겠느냐고 물어보았다.

"그거 참 곤란하게 되셨습니다."

끝물호박은 잠깐 생각하더니 말을 이었다.

"요 뒷동네에 하기노라는 노부부가 단둘이 살고 있습니다. 언젠가 빈방을 그냥 놀려두기도 뭐하니 확실한 사람이 있으면 빌려주겠다며 소개해달라고 부탁한 적이 있습니다. 지금도 빌려줄지 어떨지는 모릅니다만, 일단 같이 가서 한번 물어보기나 합시다."

그러고는 친절하게 나를 데려가주었다.

그날 밤부터 나는 하기노 집에서 하숙을 하게 되었다. 놀란 것은 내가 이카긴네 하숙방을 비우자 바로 다음 날 나와 교대하듯 알랑쇠가 태연한 얼굴로 내가 쓰던 방을 차지한 사실이다. 만만치 않은 나도 어처구니가 없었다. 세상은 온통 사기꾼들뿐으로 서로 속고 속이며 사는 것인지도 모르겠다. 싫어졌다.

세상이 이런 곳이라면 나도 지지 않고 남들처럼 속이지 않으면 살아나갈 수 없다는 얘기가 된다. 소매치기한 돈까지 가로채야 세 끼 밥을 먹고 살 수 있다면, 이렇게 살아 있는 것도 생각해볼 문제다. 그렇다고 팔팔하게 건강한 몸으로 목을 맨다면 조상님 볼 면목이 없는 데다 소문이라도 나면 난처하다. 생각해보니 물리학교 같은 데를 들어가 수학 같은 쓸모없는 재주를 배우기보다 그 6백 엔을 밑천으로 우유보급소라도 시작했으면 좋았을 걸 그랬다. 그랬다면 기요도 내 곁을 떠나지 않아도 되었을 거고, 나도 먼 데서 할멈 걱정을 하지 않고 살 수 있었을 것이다. 함께 있을 때는 그렇지도 않았는데 이렇게 시골로 와서 보니 기요는 역시 좋은 사람이다. 그렇게 마음씨 좋은 여자는 일본 전역을 돌아다녀도 좀처럼 찾을 수 없을 것이다. 할멈은 내가 떠날 때 약간 감기에 걸려 있었는데 지금은 어떻게 지내고 있을까. 지난번에 보낸 편지를 봤다면 아마 기뻐했을 것이다. 그건 그렇고 이제 답장이 올 때도 되었는데…… 나는 이런 생각만 하며 2, 3일을 보냈다.

마음에 걸려 하숙집 할머니에게 도쿄에서 편지 온 것이 혹시 없느냐고 때때로 물어보지만, 그때마다 아무것도 오지 않았다며 딱한 표정을 짓는다. 이 집 부부는 이카긴네와 달리 원래가 무사 집안인 만큼 내외가 모두 고상하다. 밤이 되면 할아버지가 이상한 목소리로 우타이(謠)[1]를 부르는 데는 두 손 들었지만, 이카긴처럼 무턱대고 '차 한 잔 합시다'라고 하지 않으니 아주 편하다. 할머니는 가끔 내 방에 와서 이런저런 얘기를 한다.

"어째서 색시를 데려와 같이 살지 않는데유우?"

"색시가 있는 사람처럼 보이나요? 불쌍하게시리 이래 봬도 아직 스물넷입니다."

"스물네 살에 색시가 있는 것은 당연한 일이지유우."

할머니는 이렇게 말하고 나서 어디 사는 아무개는 스무 살밖에 안 됐는데 장가를 들었다느니 또 어디 사는 아무개는 스물두 살에 아이를 둘이나 뒀다느니 하며 하여튼 예를 여섯 가지나 들어가며 반박을 하는 데는 두 손 들고 말았다.

"그렇다면 저도 스물넷에 색시를 얻을 테니 중매 좀 서주실래유우?"

내가 시골 사투리를 흉내 내어 부탁했더니 할머니는 진심으로 정말이냐고 물었다.

"정말이지 저는 아내를 얻고 싶어 아주 죽겠거든요."

"그렇것지유우. 젊었을 때는 누구나 그러는 거니께유우."

이렇게 대답하는 데는 송구스러워서 대꾸를 할 수가 없었다.

"허지만 선생님은 이미 색시가 있는 게 틀림없을 거구먼유우. 저는 딱 그렇게 짐작하고 있었구먼유우."

"이야, 정말 꿰뚫어보는 눈을 가지셨군요. 어떻게 짐작한 건데요?"

1 일본의 전통 가면극인 노(能)의 가사에 가락을 붙여 노래하는 것.

"어떻게라니유우? 도쿄에서 편지 온 것 없느냐며 날마다 소식을 애타게 기다리고 있었으니께유우."

"야아 이거, 놀랐습니다. 정말 훤히 꿰뚫고 계시네요."

"맞힌 건가유우?"

"글쎄요. 맞힌 건지도 모르겠네요."

"하지만 요즘 여자들은 옛날과 달라서 마음을 놓을 수가 없으니께 조심하시는 게 좋을 거구먼유우."

"왜요? 제 색시가 도쿄에서 서방질이라도 하고 있을까 봐서요?"

"아니요, 선생님 색시는 그럴 리 없겠지만……"

"그렇다면 안심입니다. 그럼 뭘 조심해야 할까요?"

"선생님 색시야 그럴 리 없겠지만, 그럴 리 없겠지만……"

"어디 그럴 만한 사람이 있나 보죠?"

"이 근방에도 꽤 있거든유우. 선생님, 저기 도야마네 따님을 알고 계시나유우?"

"아뇨, 모릅니다."

"아직 모르시는구먼유우. 이 근방에서 제일 이쁘거든유우. 너무 이뻐서 학교 선생님들도 다들 마돈나, 마돈나 하고 부르니께유우. 아직 들어보지 못하셨시유우?"

"아, 마돈나 말인가요? 저는 게이샤 이름인 줄 알았는데요."

"아니요, 마돈나라는 건 외국 말로 미인이라는 뜻이겠지유우."

"그럴지도 모르겠네요. 놀랐는데요."

"아마 미술 선생님이 붙인 이름일 것이구먼유우."

"알랑쇠가 붙였다고요?"

"아니요, 요시카와 선생님이 붙인 거라니께유우."

"마돈나는 믿지 못할 여자인가요?"

"그 마돈나가 믿을 수 없는 마돈나여서유우."

"거, 문제네요. 옛날부터 별명이 붙어 있는 여자치고 제대로 된 사람은 없으니까, 그럴지도 모르겠네요."

"정말 그렇구먼유우. 귀신인 오마쓰[2]라든가 일본의 달기(妲己)라 할 수 있는 오햐쿠[3]도 무서운 여자였지유우."

"마돈도 같은 부류인가요?"

"그 마돈나가유우, 선생님을, 거 뭐냐, 선생님을 여기에 소개해준 고가 선생님, 그분한테 시집가기로 약속되어 있었는디유우……"

"야아, 참 묘한 일이군요. 끝물호박이 그렇게 여복이 있는 남자일 줄은 몰랐는데요. 사람이란 역시 겉보기와는 다르다더니, 좀 주의해야겠는데요."

"그런데 작년에 그 댁 어르신이 돌아가시고…… 그때까지는 돈도 있고 은행에 주식도 가지고 있어 모든 형편이 다 좋았는디, 그다음부터는 어찌 된 일인지 갑자기 집안 형편이 안 좋아지더니, 고가 선생님이 너무 사람이 좋다 보니께 속은 것이지유우. 이런저런 일로 혼사가 늦어졌는디, 그 교감 선생님이 나타나서는 꼭 색시로 삼고 싶다고 졸랐다지 뭐예유우."

"그 빨간 셔츠가 말인가요? 형편없는 놈이네요. 아무래도 그 셔츠가 보통 셔츠가 아닌 것 같더라니, 그래서요?"

"사람을 시켜서 말을 넣었는디, 도야마 씨도 평소에 고가 선생님한테 의리가 있어 당장은 대답할 수 없는 처지라, 생각해보겠다는 정도

---

2 가부키 작품에 등장하는 여자 도둑.
3 가부키 작품에 등장하는 독부(毒婦). '달기'는 중국 은나라 주왕의 애첩으로 대표적인 독부.

의 대답만 한 것이지유우. 그러자 빨간 셔츠 선생님이 연줄을 대어 도 야마 씨 댁에 드나들게 되었고, 결국 따님을 낚아버린 것이지유우. 빨 간 셔츠 선생님도 그렇지만 따님도 따님이라고, 사람들이 다들 안 좋 게 말하는구먼유우. 일단 고가 선생님한테 시집가기로 약속을 했으면 서, 이제 와서 학사 선생님이 나타났다고 그쪽으로 마음을 돌리다니, 그래서야 해님한테 면목이 없는 일이지유우, 안 그려유우?"

"정말 면목이 없겠네요. 해님은커녕 달님, 별님한테도 면목이 없겠 지요."

"그래서 고가 선생님이 안됐다고 친구인 홋타 선생님이 교감 선생 님한테 따지러 갔더니, 빨간 셔츠 선생님이 자기는 약혼한 사람을 가 로챌 생각은 없다, 파혼하게 되면 데려올지 몰라도 지금은 도야마 씨 와 친하게 지내고 있을 뿐이니 특별히 고가 선생한테 미안할 게 없다, 이렇게 말해서 홋타 선생님도 어쩔 수 없이 돌아올 수밖에 없었다고 하던디유우. 빨간 셔츠 선생님과 홋타 선생님은 그 일 이후로 사이가 나빠졌다는 소문이구유우."

"이런저런 사정을 잘 아시는군요. 어떻게 그리 상세하게 알고 계십 니까? 감탄했습니다."

"좁은 곳이라 뭐든 다 알게 되는구먼유우."

너무 잘 알아 난처할 지경이다. 이런 정도라면 덴푸라메밀국수와 경단 사건도 알고 있을지 모르겠다. 성가신 곳이다. 하지만 덕분에 마 돈나의 의미도 알았고, 산미치광이와 빨간 셔츠의 관계도 알게 되어 상당히 도움이 되었다. 다만 곤란한 것은 어느 쪽이 나쁜 놈인지가 분 명하지 않다는 점이다. 나처럼 단순한 사람은 흑인지 백인지 정리해 주지 않으면 어느 편을 들어야 할지 알 수가 없다.

"빨간 셔츠와 산미치광이 중에 누가 좋은 사람인가요?"

"산미치광이가 누군디유우?"

"산미치광이는 홋타 선생을 말합니다."

"그거야 강한 것은 홋타 씨가 강한 것 같지만, 빨간 셔츠 선생님은 학사니께 능력은 있으시지유우. 그리고 상냥한 것도 빨간 셔츠 선생님이 더 상냥하지만, 학생들의 평판은 홋타 선생님이 더 낫다고 하드만유우."

"그러니까 누가 나은 겁니까?"

"결국 월급을 많이 받는 쪽이 훌륭하겠지유우."

이런 식이면 물어봤자 소용없는 일이라 그만두기로 했다. 그로부터 2, 3일 후 학교에서 돌아오자 할머니가 싱글싱글 웃으며 말했다.

"아아, 많이 기다렸지유우? 드디어 왔구먼유우."

할머니는 편지를 한 통 가져와 천천히 보라고 말하며 나갔다. 받아들고 보니 기요가 보낸 편지였다. 부전(附箋)이 두세 장이나 붙어 있어 자세히 보니, 야마시로야에서 이카긴 쪽으로 갔다가 이카긴에서 하기노로 돌아온 것이었다. 게다가 야마시로야에서는 일주일이나 머물렀다. 여관인 만큼 편지까지 묵고 가게 할 심산이었나 보았다. 뜯어보니 굉장히 긴 편지였다.

도련님의 편지를 받고 나서 바로 답장을 쓰려고 했으나 하필이면 감기에 걸려 일주일쯤 드러누워 있느라 그만 늦어졌습니다. 죄송합니다. 게다가 요즘 아가씨들처럼 읽고 쓰는 게 능숙하지 못해서 이렇게 엉망인 글씨를 쓰는 데도 상당히 애를 먹었습니다. 조카한테 대신 써달라고 부탁할까도 생각했지만, 모처럼 보내는 것인데 직접 쓰지 않으면 도련님께 송구하다는 생각에 일부러 초안을 한 번 쓰고 나서 다시 깨끗이 옮겨 적었습니다. 옮겨 적는 데는 이틀이 걸렸으나 초안을 쓰는 데는 나흘이나 걸렸습니다. 읽기 힘드실 줄 모르겠습니다만, 그래도 열심히 정성껏 쓴 것이니 아무쪼록 끝까지 읽어주세요.

이렇게 시작된 편지는 이런저런 이야기가 120센티미터나 적혀 있었다. 아니나 다를까 읽기 힘들었다. 글씨가 엉망이어서만이 아니라 대체로 히라가나로만 쓰여 있고 어디서 끝나고 어디서 시작되는지 마침표가 없어 읽느라 애를 먹었다. 나는 성격이 급한 사람이라 이렇게 길고 알아보기 힘들게 쓴 편지는 5엔을 줄 테니 읽어달라고 해도 거절하는데, 이때만은 성실하게 처음부터 끝까지 다 읽었다. 다 읽은 것은 사실이지만 읽는 데 애를 먹은 나머지 무슨 내용인지 알 수 없어 처음부터 다시 읽어보았다. 방 안이 좀 어두워져 읽기가 더 힘들어졌기에 결국 툇마루로 나가 앉아 주의 깊게 읽었다. 그러자 초가을 바람이 파초 잎을 흔들며 살갗에 부딪치고 돌아가는 길에 읽다 만 편지를 마당 쪽으로 나부끼게 하면서 끝내 120센티미터나 되는 편지의 절반이 팔랑거려 손을 놓으면 건너편 산울타리까지 날아갈 것만 같다. 하지만 나는 그런 것에 신경을 쓰고 있을 수 없었다.

도련님은 대쪽 같은 성품이신데, 다만 지나치게 욱하는 성미가 걱정됩니다. 다른 사람에게 함부로 별명을 붙이는 것은 남에게 원망을 들을 수 있으니 무턱대고 그러시면 안 됩니다. 만약 별명을 지었다면 기요에게만 편지로 알려주세요. 시골 사람들은 못됐다고 하니 봉변을 당하지 않도록 조심하세요. 날씨도 도쿄보다 불순할 게 뻔하니 춥게 자다 감기에 걸리면 안 됩니다. 도련님의 편지는 너무 짧아 그쪽 사정을 잘 모르겠으니 다음에는 적어도 이 편지의 절반 정도의 길이로 써서 보내주세요. 여관에 행하를 5엔이나 주는 것도 좋지만, 나중에 궁해지지 않을까 걱정입니다. 시골에 가서 믿을 수 있는 것은 돈뿐이니 되도록 절약해서 만일의 경우가 생기더라도 지장이 없도록 해야 합니다. 용돈이 없어 곤란할지 몰라 우편환으로 10엔을 부칩니다. 저번에 도련님이 주신 50엔을, 도련님이 도쿄로 돌아와 집을 장만할 때 보탤 생각으로 우체국에 예금해둔 것인데, 이 10엔을 제해도 아직 40엔이 남아 있으니 괜찮습니다.

역시 여자는 세심한 존재다.

내가 툇마루에서 기요의 편지를 팔랑거리며 생각에 잠겨 있는데 장지문을 열고 하기노 할머니가 저녁상을 차려 왔다.

"아직도 읽고 있는 거여유우? 어지간히도 긴 편지구먼유우."

"예. 중요한 편지라서 바람에 날리며 보고, 날리며 보고 있는 중입니다."

스스로도 요령부득인 대답을 하고서 밥상을 받았다. 밥상을 보니 오늘 저녁도 고구마조림이다. 이 집은 이카긴네보다 공손하고 친절한 데다 기품도 있지만 안타깝게도 음식은 형편없다. 어제도 고구마, 그제도 고구마, 오늘 밤도 고구마다.

내가 고구마를 무척 좋아한다고 말하긴 했지만, 이렇게 내리 고구마만 먹게 되면 목숨을 부지할 수 없다. 끝물호박을 비웃기는커녕 나 자신이 머지않아 고구마 끝물호박이 될 판이다. 기요라면 이럴 때 내가 좋아하는 참치회나 간장을 발라 구운 어묵을 해주겠지만, 가난한 무사 집안의 구두쇠라 어쩔 수가 없다. 아무리 생각해도 기요와 함께 지내지 않으면 안 되겠다. 만약 이 학교에 오래 있게 될 것 같으면 기요를 도쿄에서 이곳으로 불러야겠다. 덴푸라메밀국수를 먹어서는 안 되고, 경단을 먹어서는 안 되고, 하숙집에서 고구마만 먹고 누렇게 떠 있으라니 교육자란 참 괴로운 존재다. 선종의 승려도 나보다는 영양가 있는 걸 먹을 것이다. 나는 고구마 한 접시를 비우고 책상 서랍에서 날계란 두 개를 꺼내 밥그릇 테두리에 톡 쳐서 깨 먹고 겨우 허기를 면했다. 날계란으로라도 영양을 섭취하지 않으면 일주일에 스물한 시간의 수업을 어떻게 한단 말인가.

오늘은 기요의 편지를 읽느라 온천에 갈 시간이 늦어졌다. 하지만 매일 다니던 것을 하루라도 거르려니 왠지 마음이 개운치가 않다. 기차라도 타고 갔다 오려고 예의 그 빨간 수건을 늘어뜨리고 역까지 가니, 2, 3분 전에 기차가 막 떠난 참이어서 좀 기다려야 했다. 벤치에 앉아 시키시마[4] 담배를 피우고 있는데 우연히 끝물호박이 들어섰다. 나는 지난번의 이야기를 듣고 나서 끝물호박이 더욱 가엾게 여겨졌다. 평소에도 천지간에 얹혀사는 사람처럼 기를 펴지 못하는 것이 너무 안쓰러웠는데, 오늘 밤에는 가여운 정도가 아니었다. 할 수만 있다면 월급을 두 배로 올려주고 도야마네 아가씨와 내일이라도 당장 결혼을 시켜 한 달만 도쿄에서 놀게 해주고 싶은 마음이 들었던 참이라 선뜻 자리를 양보했다.

"온천에 가십니까? 자, 여기 앉으세요."

"아닙니다. 신경 쓰지 마십시오."

끝물호박은 송구스러워하며 사양하는 건지 어쩐지는 모르나 그냥 서 있다.

---

4 1900년대 초 일본에서 판매되던 고급 담배 이름.

"좀 기다려야 합니다. 피곤하실 텐데 앉으시지요."

나는 다시 권해보았다. 실은 어떻게든 내 옆에 앉게 하고 싶었을 만큼 안쓰러워 견딜 수가 없었다.

"그럼 실례하겠습니다."

끝물호박은 드디어 내 제의를 받아들였다. 세상에는 알랑쇠처럼 나서지 말아야 할 자리에 꼬박꼬박 얼굴을 내미는 건방진 자도 있고, 산미치광이처럼 자기가 없으면 일본이 곤란할 거라는 듯한 상판을 어깨 위에 올려놓고 있는 자도 있다. 그런가 하면 빨간 셔츠처럼 포마드와 호색한의 도매상을 자처하는 자도 있고, 교육이 살아 있는 사람처럼 프록코트를 입으면 바로 자신이 된다고 말하는 듯한 너구리도 있다. 다들 그 나름대로 뽐내고 있지만 끝물호박처럼 있는 듯 없는 듯 마치 볼모로 잡혀온 인형처럼 얌전히 있는 사람은 본 적이 없다. 얼굴은 부어 있지만 이렇게 괜찮은 남자를 버리고 빨간 셔츠에게 끌리다니 마돈나도 어지간히 속을 알 수 없는 사람이다. 빨간 셔츠가 수십 명이 다가온다고 해도 이렇게 근사한 신랑감이 되지는 못할 텐데.

"선생님, 어디 불편하신 것 아닙니까? 상당히 힘들어 보입니다만……"

"아니요, 이렇다 할 지병은 없습니다……"

"그거 참 다행입니다. 몸이 안 좋으면 사람도 아무 쓸모가 없어지지요."

"선생님은 아주 건강해 보이시는군요."

"예, 마르긴 했어도 병은 없습니다. 병 같은 게 제일 싫으니까요."

끝물호박은 내 말을 듣고 히죽히죽 웃었다.

그때 입구에서 젊은 여자의 웃음소리가 들려오기에 무심코 돌아보니 대단한 사람이 들어섰다. 하얀 살결에 최신 머리 스타일을 한 키가 큰 미인과 마흔대여섯 정도로 보이는 중년 부인이 나란히 매표소 앞에 서 있었다. 나는 미인을 형용할 줄 모르는 남자라 뭐라 말할 수는 없지만 상당한 미인임에 틀림없다. 어쩐지 수정 구슬을 향수로 데워 손바닥에 쥔 듯한 기분이 들었다. 나이가 든 쪽이 키가 더 작다. 하지만 얼굴이 많이 닮은 걸로 보아 모녀지간일 것이다. 나는, 이야, 왔구나, 하는 생각에 빠져 끝물호박은 까맣게 잊어버리고 젊은 여인만 보고 있었다. 그런데 끝물호박이 갑자기 내 옆 자리에서 일어나더니 여자들을 향해 슬슬 걸어가기 시작했다. 나는 좀 놀랐다. 저 젊은 여자가 마돈나가 아닐까 하고 생각했다. 세 사람은 매표소 앞에서 가볍게 인사를 나누었다. 거리가 있어 무슨 말을 하는지는 알 수 없었다.

역 시계를 보니 이제 5분만 있으면 기차가 출발한다. 나는 이야기 상대도 없어지고 해서 빨리 기차가 오면 좋을 텐데, 하고 목을 빼고 기다리고 있는데 또 한 사람이 황급히 역 안으로 뛰어들었다. 빨간 셔츠였다. 하늘하늘한 기모노에 오글쪼글한 비단 띠를 헐렁하게 매고 있고, 여느 때와 마찬가지로 금 시곗줄을 늘어뜨리고 있었다. 금 시곗줄은 가짜다. 빨간 셔츠는 아무도 모르려니 하고 자랑스럽게 내보이고 다니지만 나는 정확히 알고 있다. 빨간 셔츠는 역에 들어서자마자 두리번거리더니 매표소 앞에서 이야기를 나누고 있는 세 사람에게 다가가 정중하게 인사를 하면서 두세 마디 나누는가 싶더니 갑자기 나를 향해 예의 그 고양이 걸음으로 다가왔다.

"이야, 자네도 온천 가나? 기차 시간에 늦을까 봐 걱정하며 서둘러 왔는데, 아직 3, 4분 남았군. 저 시계가 맞는 건지 모르겠네."

빨간 셔츠는 자신의 금시계를 꺼낸다.

"2분 정도 틀리군."

이렇게 말하며 내 옆에 앉더니 여자 쪽으로는 눈길도 주지 않고 지팡이에 턱을 괴고 정면만 응시할 뿐이다. 노부인은 가끔 빨간 셔츠를 쳐다봤지만, 젊은 아가씨는 옆을 향한 채다. 틀림없이 마돈나다.

이윽고 부우웅 하는 기적 소리와 함께 기차가 들어왔다. 기다리고 있던 사람들이 앞다투어 기차에 오른다. 빨간 셔츠는 맨 먼저 일등칸에 올랐다. 일등칸에 탄다고 으스댈 건 없다. 스미타까지 요금은 일등칸이 5전이고 이등칸이 3전으로, 겨우 2전 차이밖에 나지 않기 때문이다. 그건 나조차 큰맘 먹고 일등칸에 타려고 흰색 표를 들고 있는 것만 봐도 알 수 있다. 그렇지만 시골 사람들은 쩨쩨해서 단 2전의 지출도 굉장히 마음에 걸리는지 대개 이등칸을 이용한다. 빨간 셔츠의 뒤를 따라 마돈나와 그녀의 어머니가 일등칸에 올랐다. 끝물호박은 늘 이등칸만 타는 사람이다. 이등칸 입구에 서서 망설이는 것 같았는데, 내 얼굴을 보자마자 과감히 올라탔다. 나는 그때 왠지 안됐다는 생각이 들어 끝물호박의 뒤를 따라 같은 이등칸에 올랐다. 일등칸 표로 이등칸에 타는 것이니 문제는 없을 것이다.

온천장에 도착해 3층에서 유카타로 갈아입고 탕으로 내려갔다가 다시 끝물호박을 만났다. 나는 회의 자리 같은 데서는 항상 말문이 막히는 편이지만 평소에는 상당히 말이 많은 편이다. 그러므로 탕 속에서 끝물호박에게 이런저런 말을 걸어봤다. 왠지 너무 딱해 보여 견딜 수가 없었던 것이다. 이런 때 한마디라도 상대방의 마음을 위로해주는 것이 도쿄 토박이의 의무라고 생각했다. 그런데 어쩐 일인지 끝물호박은 내 가락에 쉽사리 장단을 맞춰주지 않는다. 무슨 말을 해도 '예'나 '아니요'라고만 할 뿐이고, 그마저도 꽤 귀찮아하는 것 같아 결국 내 쪽에서 그만두고 말았다.

탕에서는 빨간 셔츠를 만나지 않았다. 그도 그럴 것이 욕탕이 여러 군데여서 같은 기차를 타고 와도 같은 탕에서 만나라는 법은 없었다. 별로 이상하게 여기지도 않았다. 온천장을 나서니 달이 밝았다. 거리 양쪽에 버드나무가 심어져 있고, 그 가지의 둥근 그림자가 거리 한가운데에 드리워져 있었다. 잠깐 산책이나 할 요량으로 북쪽으로 올라가 마을 외곽으로 나가니 왼쪽에 큰 문이 있고, 그 문을 들어서자 막다른 곳에 절이 있었다. 그리고 그 양옆이 유곽이다. 산문 안에 유곽이 있다니 전대미문의 현상이다. 잠깐 들어가보고 싶었으나 회의 때 또 너구리한테 당할지 모른다는 생각에 그만두고 그냥 지나쳤다. 산문 옆에 검은 노렌을 내건 작은 격자창의 단층집은 내가 경단을 먹고 출입을 금지당한 곳이다. 단팥죽, 오조니[5]라고 쓰인 동그란 초롱이 걸려 있다. 초롱 불빛이 처마 끝 가까이에 있는 버드나무 줄기를 비추고 있다. 먹고 싶었지만 참고 지나쳤다.

먹고 싶은 경단을 먹을 수 없다니 한심하다. 하지만 자신의 약혼녀가 다른 놈에게 마음을 빼앗긴다면 더욱 한심할 것이다. 끝물호박의 처지를 생각하면 경단은 고사하고 사흘쯤 굶는다고 해도 불평할 수 없을 것이다. 정말이지 인간만큼 믿을 수 없는 존재도 없을 것이다. 그 얼굴을 보면 아무래도 그런 몰인정한 일을 할 것처럼 보이지는 않는데…… 아름다운 사람이 몰인정하고, 물에 퉁퉁 불은 동아[6] 같은 고가 선생님이 선량한 군자인 것을 볼 때 방심할 수 없다. 솔직 담백한 줄 알았던 산미치광이가 학생들을 선동했다고 하고, 학생들을 선동

5 일본의 설날 음식 중 떡을 주요 재료로 하는 국물 요리. 국물이나 떡의 모양, 조리법 등은 지방에 따라 다르다.
6 여름에 노란 꽃이 피며 가을에는 호박처럼 생긴 긴 타원형의 열매가 열린다. 날것으로 먹거나 찬거리로 쓴다.

한 줄 알았던 산미치광이가 교장에게 학생의 처분을 강력하게 주장하질 않나, 싫은 짓만 하는 빨간 셔츠가 의외로 친절하여 슬며시 내게 충고를 해주는가 싶더니 마돈나를 속였다고 하고, 속였다고 생각했는데 고가 선생님과 파혼하지 않는 한 결혼은 바라지 않는다고 하고, 또 이카긴은 괜한 트집을 잡아 나를 쫓아내나 싶었는데 곧바로 알랑쇠가 그 방으로 들어가질 않나, 아무리 생각해도 믿을 수가 없다. 이런 일을 기요에게 적어 보내면 정말 놀랄 것이다. 하코네 너머라서 요괴들이 모여든 것이라고 말할지도 모른다.

나는 원래부터 무던한 성격이라 어떤 일에도 걱정하지 않고 오늘날까지 견뎌왔지만, 이곳에 온 지 채 한 달도 되지 않아 갑자기 세상이 뒤숭숭하다는 생각이 들었다. 특별히 이렇다 할 큰 사건을 만난 것도 아닌데 벌써 내여섯 살은 더 먹은 듯한 기분이다. 하루빨리 걷어치우고 도쿄로 돌아가는 것이 상책일 것이다. 꼬리에 꼬리를 물고 그런 생각을 하다 보니 어느새 돌다리를 건너 노제리가와 강둑에 다다랐다. 강이라고 하니 대단한 것 같지만 사실 채 2미터도 안 되는, 물이 졸졸 흐르는 천이다. 강둑을 따라 1천 3백 미터쯤 내려가면 아이오이무라가 나온다. 그 마을에는 관음상이 있다.

온천 거리를 돌아보니 붉은 등이 달빛 속에 빛나고 있다. 북소리는 유곽 쪽에서 들려오는 것이리라. 강물은 얕지만 물살이 세서 마치 신경질을 부리듯 마구 빛나고 있다. 어슬렁어슬렁 강둑 위를 걸으면서 3백 미터쯤 왔나 했더니 저쪽에 사람 그림자가 보이기 시작했다. 달빛에 비친 그림자는 둘이었다. 온천에 왔다가 마을로 돌아가는 젊은이들인지도 모른다. 젊은이들인데도 노래를 부르지 않는다. 의외로 조용하다.

내가 빨리 걷는 탓인지 한 쌍의 그림자가 점점 커진다. 한 사람은 여자인 듯하다. 그들과의 거리가 20미터쯤으로 좁혀졌을 때 내 발자국 소리를 듣고 남자가 휙 돌아다보았다. 달빛은 뒤에서 비치고 있었다. 그때 나는 남자의 모습을 보고 혹시나 하는 생각이 들었다. 남자와 여자는 다시 원래대로 걷기 시작했다. 나는 뭔가 짚이는 게 있어 전속력으로 뒤쫓았다. 그쪽은 아무런 눈치도 채지 못하고 아까처럼 여전히 느릿느릿 걷고 있었다. 이제는 말소리도 손에 잡힐 듯이 들린다. 강둑의 폭은 2미터쯤이어서 나란히 걸으면 간신히 세 사람이 걸을 수 있을 정도다. 나는 수월하게 따라잡고 남자의 소매를 스치고 앞으로 두 걸음을 디딘 후 발꿈치를 빙그르르 돌려 남자의 얼굴을 들여다보았다. 달은 1.5센티미터 길이로 깎은 내 머리에서 턱 언저리까지 사정없이 정면으로 비추었다. 남자는 앗 하고 짧게 소리를 지르고는 황급히 옆을 보고 "이제 돌아가지" 하며 여자를 재촉하기가 무섭게 온천 거리로 되돌아갔다.

빨간 셔츠는 뻔뻔스럽게 모른 척할 생각이었을까, 아니면 마음이 약해서 아는 체를 못한 것일까. 아무튼 동네가 좁아 곤란을 겪고 있는 사람은 나뿐이 아니었다.

8

빨간 셔츠의 권유로 낚시를 다녀온 뒤부터 나는 산미치광이를 의심하기 시작했다. 생트집을 잡아 하숙을 나가라고 했을 때는 정말 괘씸한 놈이라고 생각했다. 그런데 회의석상에서는 생각과는 달리 당당하게 학생 엄벌론을 주장해, 어라, 희한한 일도 다 있네, 하고 고개를 갸우뚱했다. 하기노 할머니로부터 산미치광이가 끝물호박을 위해 빨간 셔츠와 담판을 벌였다는 이야기를 들었을 때는 감탄한 나머지 손뼉을 쳤다. 이런 상황으로 볼 때 나쁜 놈은 산미치광이가 아닐 것이다. 빨간 셔츠 쪽이 비뚤어진 사람이라, 무책임하게 그릇된 의심을 그럴듯하게, 게다가 에둘러 내 뇌리에 스며들게 한 것은 아닐까, 하고 의심하던 차에 마침 노제리가와 강둑에서 마돈나를 데리고 산책하고 있는 그를 목격한 것이다. 그 후로 나는 빨간 셔츠가 수상한 놈이라는 결론을 내렸다. 수상한 놈인지 어떤지는 잘 모르겠지만, 아무튼 좋은 사람은 아니다. 겉과 속이 다른 사람이다. 사람은 대나무처럼 곧지 않으면 미덥지 못하다. 올곧은 사람과는 싸움을 해도 기분이 좋다. 빨간 셔츠처럼 상냥하고 친절하고 고상하며 호박 파이프를 자랑스럽게 과시하는 사람은 방심할 수도 없고, 좀처럼 싸움도 할 수 없다고 생각했다. 싸움을 해도 에코인의 스모¹와 같은 기분 좋은 싸움은 할 수 없다고 생각했다. 그렇게 되면 1전 5리를 받네 안 받네 하며 교무실 전체를 놀라게 한 실랑이의 상대인 산미치광이 쪽이 훨씬 인간답다. 회의 때 옴팡눈을 희번덕거리며 나를 노려봤을 때는 밉살스런 놈이라 생각했지만, 나중에 생각해보니 그것도 빨간 셔츠의 끈적끈적하고 간사한 목소리보다는 나았다. 사실 그 회의가 끝난 뒤 웬만하면 산미치광이와 화해할 생각으로 몇 마디 건네보았으나 그 자식은 대꾸도 하지 않고 여전히 눈을 부라려 나도 화가 나 관두고 말았다.

그 뒤로 산미치광이는 나와 말을 섞지 않았다. 책상 위에는 돌려준 돈 1전 5리가 아직 그대로 놓여 있다. 먼지투성이가 되어 놓여 있다. 나는 물론 손을 댈 수 없고, 산미치광이 또한 가져갈 생각조차 하지 않는다. 이 1전 5리가 두 사람 사이에 가로놓인 장벽이 되어 말을 건네고 싶어도 할 수가 없다. 산미치광이는 완강히 침묵을 고수하고 있다. 나와 산미치광이에게는 그놈의 1전 5리가 탈이었다. 나중에는 학교에 나가 그 1전 5리를 보는 게 고통스러웠다.

산미치광이와 거의 절교 상태가 된 반면 빨간 셔츠와는 여전히 종래의 관계를 유지하며 교제를 계속하고 있었다. 노제리가와에서 만난 다음 날, 학교에 나가자 빨간 셔츠가 제일 먼저 내 옆에 와서 이것저것 물으며 말을 걸어왔다.

"자네, 이번 하숙은 괜찮은가? 또 같이 러시아 문학이나 낚으러 가

---

1 에코인(回向院)은 도쿄에 있는 정토종의 절로, 에도 시대부터 이 절의 경내에서는 1년에 두 번 스모 대회가 열렸다. 1926년 이곳에 상설 국기관(國技館)이 건설되었다.

지 않겠나?"

나는 왠지 밉살스런 생각이 들었다.

"어제 저녁에는 두 번 뵈었지요?"

"아, 역에서? 자네는 항상 그 시간에 가는가? 늦은 시간 아닌가?"

"노제리가와 강둑에서도 뵈었지요."

나는 한 방 먹였다.

"아니, 나는 그쪽에는 가지도 않았네. 온천에 들어갔다 바로 돌아왔
는걸."

실제로 만나놓고 그렇게까지 숨길 필요가 뭐 있다고, 정말이지 거
짓말을 잘하는 인간이다. 그러고도 중학교 교감 노릇을 할 수 있다면,
나는 대학 총장 노릇도 할 수 있겠다. 나는 이때부터 더더욱 빨간 셔
츠를 신뢰하지 않게 되었다. 신뢰하지 않는 빨간 셔츠와는 말을 하고,
감탄한 산미치광이와는 말을 하지 않는다. 참으로 묘한 세상이다.

어느 날의 일이다. 빨간 셔츠가 나에게 할 얘기가 있으니 자기 집까
지 좀 와달라고 했다. 그래서 아쉽기는 했으나 온천을 하루 쉬고 4시
쯤 찾아갔다. 빨간 셔츠는 독신이지만, 교감인 만큼 하숙은 벌써 옛날
에 걷어치우고 현관이 근사한 집에서 살고 있었다. 집세는 9엔 50전
이라고 한다. 시골에 와서 9엔 50전을 내고 이런 집에 살 수 있다면
나도 한번 큰맘 먹고 도쿄에서 기요를 불러 기쁘게 해줄까 하는 생각
이 들 정도로 멋진 현관이다.

"계십니까?"

빨간 셔츠의 남동생이 나왔다. 이 동생은 학교에서 나에게 대수와
산술을 배우고 있는데 성적이 좋지 않은 학생이다. 그런 주제에 타지
에서 온 녀석이라 시골에서 나고 자란 아이들보다 못됐다.

빨간 셔츠를 만나 용건을 물으니 이 사람은 예의 그 호박 파이프로 단내가 나는 담배를 피워대면서 이런 얘기를 했다.

"자네가 오고 나서 전임자 때보다 성적이 많이 향상되어 교장도 좋은 인재를 얻었다고 아주 흐뭇해하시네. 학교에서도 신뢰하고 있으니까 그리 알고 열심히 해주게."

"아, 예, 그렇습니까? 열심히 한다고 해도 지금보다 열심히 할 수는 없습니다만······"

"지금 정도면 충분하네. 다만 지난번에 얘기한 일 말인데, 그것만 잊지 않으면 되네."

"하숙집 소개 같은 걸 하는 사람은 위험하다는 것 말입니까?"

"그렇게 노골적으로 말하면 의미 없는 일이 되겠지만, 아무튼 좋네. 그 말의 취지는 잘 이해했으리라 생각하니까. 그리고 자네가 지금처럼 열심히 일해준다면, 학교 측에서도 다 지켜보고 있으니까 앞으로 사정만 허락한다면 대우 같은 문제도 어떻게든 될 거라고 생각하네."

"아아, 월급 말입니까? 월급 같은 거야 아무래도 좋습니다만, 올려주신다면 저야 좋지요."

"그런데 다행히 이번에 전근을 가는 사람이 한 명 생긴다네······ 물론 교장 선생님과 상의해보지 않으면 알 수 없는 일이지만, 그 선생월급에서 조금은 융통할 수 있을지도 모르지. 그걸 선생한테 돌리도록 교장 선생님께 말씀드려볼까 한다네."

"정말 감사합니다. 그런데 누가 전근을 갑니까?"

"이제 발표를 할 테니까 얘기해도 별 상관은 없겠지. 사실은 고가 선생일세."

"하지만 고가 선생님은 이곳 사람이 아닙니까?"

"이곳 사람이지만, 좀 사정이 있어서…… 절반은 본인의 희망이라 네."

"어디로 가는 겁니까?"

"휴가의 노베오카인데, 지역이 지역인 만큼 1호봉 올려 가기로 했 다네."

"대신에 누가 오는 겁니까?"

"후임자도 대체로 정해졌다네. 그 후임의 형편에 따라 자네의 대우 문제도 정해질 걸세."

"예, 좋습니다. 하지만 무리하게 올려주지 않아도 상관없습니다."

"하여튼 나는 교장 선생님께 말씀드릴 생각이네. 교장 선생님도 동 의할 것 같은데, 그렇게 되면 자네도 더욱 열심히 해야 할지도 모르니 끼, 아무쪼록 지금부터 그런 각오로 일해주었으면 하네."

"지금보다 수업 시간도 늘어나는 겁니까?"

"아니, 시간은 지금보다 줄어들지도 모르지……"

"시간은 줄어드는데 더 많이 일한다는 겁니까? 이상한데요."

"언뜻 들으면 이상하겠지…… 지금 확실히 뭐라 말하기는 어렵지 만…… 글쎄, 말하자면 자네한데 좀 더 중대한 책임이 부여될지도 모 른다는 뜻이겠지."

나는 도통 알 수가 없었다. 지금보다 중대한 책임이라고 하면 수학 주임일 텐데, 지금 주임을 맡고 있는 산미치광이가 사직할 리가 없다. 게다가 산미치광이는 학생들 사이에 인망이 두터워서 전근이나 면직 은 학교로서도 득이 될 것이 전혀 없다. 빨간 셔츠의 이야기는 늘 요 령부득이다. 요령부득이어도 용건은 이것으로 끝났다. 그러고 나서 잠깐 잡담을 나누었는데, 빨간 셔츠는 끝물호박의 송별회 이야기를 하면서 나보고 술을 좀 마시느냐고 묻기도 하고 끝물호박은 군자 같아서 좋아할 만한 사람이라는 등 이런저런 얘기를 늘어놓았다. 나중에는 화제를 돌려 하이쿠를 할 줄 아느냐고 묻기에 이것 큰일이다 싶어 "하이쿠는 하지 않습니다. 안녕히 계십시오" 하고 인사를 하는 둥 마는 둥 하고 돌아와버렸다. 하이쿠는 바쇼[2]나 이발소의 주인이 하는 것이다. 수학 선생이 나팔꽃한테 두레박을 빼앗겨서야 되겠는가.[3]

집으로 돌아와 곰곰이 생각해봤다. 세상에는 참 속을 알 수 없는 사람이 있다. 집은 물론이고, 일할 수 있는 학교에다 어느 것 하나 부족할 게 없는 고향이 싫어졌다고 낯선 타향으로 가서 고생을 사서 하다니. 그것도 화려한 도시에 전차가 다니는 곳이라면 또 모르겠으나 휴가의 노베오카라니 이 무슨 일인가. 나는 선착장이 좋은 이곳에 온 지 한 달도 되지 않았는데 벌써 돌아가고 싶어졌다. 노베오카라면 첩첩 산중이다. 빨간 셔츠의 말에 따르면 배를 타고 가서는 다시 하루 종일 마차를 타고 미야자키까지 가서 또다시 하루 종일 마차를 타고 가야 하는 곳이라고 한다. 이름만 들어도 개화된 곳으로는 생각되지 않는다. 원숭이와 사람이 반반 살고 있을 것만 같다. 아무리 성인인 끝물호박도 자진해서 원숭이의 상대가 되고 싶지는 않을 텐데, 이 무슨 유별난 짓이란 말인가.

그때 여느 때처럼 할머니가 저녁상을 들고 왔다.

"오늘도 고구마입니까?"

"아니유우, 오늘은 두부여유우."

---

2 하이쿠의 대가로 알려진 마쓰오 바쇼(松尾芭蕉, 1644~1694)를 말함.
3 가가노 지요조(加賀千代女, 1703~1775)의 하이쿠 "나팔꽃 덩굴에 두레박을 빼앗겨 얻어먹는 물(朝顔や釣瓶とられてもらひ水)"에서 나온 표현.

두부나 고구마나 그게 그거다.

"할머니, 고가 선생님이 휴가로 간다면서요?"

"참말로 안됐시유우."

"안됐다니요, 자진해서 가는 건데 어쩔 수 없지요."

"자진해서 간다니 누가 그런 소릴 한대유우?"

"누구긴요, 본인이지요. 고가 선생님이 별난 호기심에 가는 거 아닌가요?"

"그런 걸 착각 대장이라고 하는 거구먼유우."

"대장이요? 하지만 조금 전에 빨간 셔츠가 그렇게 말하던데. 그게 착각이라면 빨간 셔츠는 거짓말쟁이에다 허풍 대장이겠네요."

"교감 선생님이 그렇게 말씀하시는 것은 지당하지만, 고가 선생님이 가고 싶어 하지 않은 것도 지당하지유우."

"그렇다면 양쪽 다 지당하군요. 할머니는 공평해서 좋겠네요. 도대체 어떻게 된 영문입니까?"

"오늘 아침 고가 선생님 어머니가 오셔서 자세한 사정을 얘기하셨시유우."

"어떤 사정이었습니까?"

"그 댁도 아버님이 돌아가신 뒤부터 우리가 생각하는 것만큼 살림살이가 넉넉하지가 못해서 힘들었는데, 그래서 어머니가 교장 선생님한테 근무한 지 벌써 4년이나 되었으니 월급을 좀 올려주십사 부탁을 한 모양이어유우."

"그렇군요."

"교장 선생님은 잘 생각해보겠다고 말씀하셨대유우. 그래서 어머니도 안심하고 이제 곧 월급이 오른다는 소식이 오겠지, 이번 달인가 다음 달인가 하고 목을 빼고 기다리고 있었는데, 교장 선생님이 고가 선생님을 잠깐 보자고 해서 갔더니, 안됐지만 학교는 돈이 부족하니 월급을 올려줄 형편이 못 된다, 하지만 노베오카라면 빈자리가 있고 매달 5엔씩 더 받을 수 있으니까 원하는 바일 것 같아 그렇게 수속을 했으니 가는 게 좋겠다고 하시더래유우."

"그건 의논이 아니라 명령이잖아요."

"그렇지유우. 고가 선생님은 타지에 가서 월급을 좀 더 받는 것보다 이대로도 좋으니까 여기에 있고 싶다, 집도 있고 어머니도 계시니, 하며 부탁을 했는데도, 교장 선생님은 이미 그렇게 정해졌고 고가 선생님의 후임자도 정해져서 어쩔 수 없다고 하시더래유우."

"저런, 사람을 그렇게 업신여기다니, 우습지도 않군요. 그럼 고가 선생님은 갈 생각이 없는 거군요. 어쩐지 이상하더라니. 5엔쯤 더 준다고 그런 산골로 원숭이를 상대하러 갈 벽창호는 없을 테니까요."

"벽창호는 선생님이구먼유우."

"그건 아무래도 좋은데…… 완전히 빨간 셔츠의 계략이었군요. 나쁜 짓이네요. 감쪽같이 속인 거나 마찬가지니까요. 그걸로 내 월급을 올려주겠다니 세상에 그런 일이 어디 있어. 올려준다고 해도 누가 받을 줄 알고."

"선생님은 월급이 오르나유우?"

"올려준다고 하는데 거절할 생각입니다."

"어째서 거절하신대유우?"

"아무튼 거절할 겁니다. 할머니, 빨간 셔츠는 바보예요. 비겁하게 말이야."

"비겁해도 월급을 올려준다면 얌전히 받아두는 게 득일 텐데유우.

젊을 때는 자주 욱하는데, 나이를 먹고 나서 생각해보면 그때 조금만
더 참았더라면 좋았을걸, 화를 내는 바람에 손해를 봤다고 후회하게
되는 거거든유우. 이 할멈이 하는 말을 잘 새겨듣고 빨간 셔츠가 월급
을 올려준다고 하면 고맙습니다, 하고 받아두서유우."

"노인네 주제에 쓸데없는 참견은 안 하셔도 됩니다. 오르든 내리든
내 월급이니까요."

할머니는 아무 말 없이 물러갔다. 할아버지는 느긋한 목소리로 우
타이를 읊고 있다. 우타이라는 건 읽으면 그냥 알 수 있는 것을 쓸데
없이 어려운 가락을 붙여 일부러 알아듣지 못하게 하는 재주일 것이
다. 그런 것을 매일 밤 질리지도 않고 읊어대는 할아버지의 속을 알
수가 없다. 나는 지금 우타이나 논하고 있을 때가 아니다. 월급을 올
려준다고 하니까 특별히 바라지는 않았지만 쓸데없이 돈을 남겨두는
것도 아까운 일 같아 받아들인 것인데, 전근 가고 싶지 않은 사람을
억지로 가게 하면서 그 사람 월급의 일부분을 가로채다니 그런 몰인
정한 일을 어떻게 할 수 있단 말인가. 당사자가 원래대로라도 여기 있
겠다고 하는데도 노베오카까지 쫓아내다니 대체 이 무슨 속셈이란 말
인가. 반역죄로 몰린 스가와라 미치자네[4]도 규슈의 하카타 근처에 자
리를 잡았고, 살인죄를 저지른 가와이 마타고로[5]도 구마모토의 사가
라에 머물지 않았던가. 아무튼 빨간 셔츠에게 가서 거절하고 오지 않

---

4 스가와라 미치자네(菅原道眞, 845~903). 901년 정적인 후지와라 도키히라(藤原時平)의 중상
모략으로 스가와라가 반역을 기도했다고 믿게 된 천황이 그를 규슈(九州)의 한 관리로 임명해 수
도에서 쫓아냈다.
5 가와이 마타고로(河合又五郎, 1611~1634). 오카야마(岡山)의 한시(藩士) 가와이 마타고로(당시
19세)는 동료인 와타나베 겐다유(渡辺源太夫, 당시 17세)를 죽이고 도망 다니다가 그의 형 와타나베
가즈마(渡辺數馬)에게 사가라(相良)에서 죽임을 당했다.

으면 직성이 풀리지 않을 것 같다.

고쿠라[6] 하카마를 입고 다시 집을 나섰다. 커다란 현관에 서서 "계십니까?" 하자 다시 그의 동생이 나왔다. 내 얼굴을 보더니 또 왔느냐는 눈빛이었다. 볼일이 있으면 두 번이든 세 번이든 올 것이다. 한밤중이라도 두드려 깨울 수도 있다. 교감의 환심을 사러 찾아온 줄 착각하고 있는 것 같은데, 이래 뵈도 월급 같은 건 올려줄 필요 없다고 거절하러 온 거다. 동생이 지금 다른 손님이 와 있다고 해서 나는 현관에서라도 좋으니 잠깐 뵙고 싶다고 하자 안으로 들어갔다. 발밑을 보니 다다미 깔개로 된 얄팍한 고마게다[7]가 놓여 있다. 방 안에서는 "이제 다 됐습니다" 하는 소리가 들린다. 손님이 알랑쇠라는 걸 알아챘다. 알랑쇠가 아니라면 저런 새된 목소리를 내거나 광대나 신을 것 같은 이런 나막신을 신을 사람은 없다.

잠시 후 빨간 셔츠가 등불을 들고 현관으로 나왔다.

"어서 올라오게. 다른 사람이 아니라 요시카와 선생이네."

"아니요, 여기서도 충분합니다. 잠깐만 얘기하면 되니까요."

이렇게 말하고 빨간 셔츠의 얼굴을 보니 사카타노 긴토키[8]처럼 벌겠다. 알랑쇠와 한잔 하고 있는 모양이다.

"아까 제 월급을 올려주신다고 하셨는데, 생각이 좀 바뀌어서 거절하러 왔습니다."

빨간 셔츠는 등불을 앞으로 내밀며 안쪽에서 내 얼굴을 바라보았는데, 순간적으로 대답을 하지 못하고 멍하니 서 있었다. 세상에 월급을

---

6 굵은 실로 두껍게 짠 고쿠라(小倉) 산 면직물.

7 따로 굽을 달지 않고 통나무를 깎아 만든 나막신.

8 사카타노 긴토키(坂田金時). 전신이 빨갛고 괴력을 지녔다는 전설상의 인물. 아명은 긴타로(金太郎).

올려준다는데 거절하는 놈이 다 있나 싶어 의아한 것인지, 설사 그렇더라도 이렇게 금방 다시 돌아와 싫다고 할 것까지 있나 싶어 기가 막혔는지, 아니면 둘 다였는지 아무튼 이상한 입 모양을 한 채 우두커니 서 있었다.

"아까 제가 승낙한 것은 고가 선생님이 자기가 원해서 전근을 간다는 말씀을 하셨기 때문인데……"

"고가 선생은 전적으로 본인 희망대로 전근을 가는 거나 마찬가질세."

"그렇지가 않습니다. 이곳에 있고 싶어 합니다. 월급이 그대로여도 좋으니까 고향에 있고 싶어 합니다."

"자네는 고가 선생한테 그렇게 들었나?"

"낭사자한테 직접 들은 건 아닙니다."

"그럼 누구한테 들었나?"

"하숙집 할머니가 고가 선생님 어머니한테 들은 걸 오늘 저한테 얘기해준 겁니다."

"그럼 하숙집 할머니가 그렇게 말한 거로군."

"예, 그렇습니다."

"미안하네만, 그건 좀 다르다네. 자네 말대로라면 하숙집 할머니가 하는 말은 믿을 수 있지만 교감이 하는 말은 믿지 못하겠다는 것처럼 들리는데, 그런 의미로 해석해도 되겠나?"

나는 좀 난처했다. 문학사라는 인간은 역시 대단하다. 묘한 걸 붙잡고 추근추근 몰아붙인다. 나는 아버지한테 "너는 경솔해서 못쓰겠다, 못쓰겠어"라는 말을 자주 들었는데, 역시 좀 경솔한 것 같다. 할머니 얘기를 듣고 깜짝 놀라 뛰어나왔으나 사실은 끝물호박과 그의 어머니를 만나서 상세한 사정을 들어보지 못했던 것이다. 그러니까 이렇게 문학사의 방식으로 치고 들어오면 막아내기가 힘들다.

정면으로 막아내기는 힘들지만 나는 이미 마음속으로 빨간 셔츠에게 불신임의 뜻을 전했다. 하숙집 할머니가 구두쇠에다 욕심쟁이인 것은 틀림없지만 거짓말은 하지 않는 노인네다. 빨간 셔츠처럼 겉과 속이 다르지 않다. 하는 수 없이 나는 이렇게 대답했다.

"교감 선생님 말씀이 사실일지도 모릅니다만, 아무튼 저는 월급 인상은 사양하겠습니다."

"그건 더 이상하네. 지금 자네가 일부러 여기까지 찾아온 것은 월급을 올려 받을 수 없는 이유를 찾았기 때문인 것 같았는데, 내 설명으로 그 이유의 근거가 사라졌는데도 월급 인상을 거절하는 것은 좀 이해하기 어려운 것 같은데."

"이해하기 어려우실지도 모르겠습니다만, 아무튼 거절하겠습니다."

"그렇게 싫다면 억지로 받아들이라고 하지는 않겠네만, 두세 시간만에 특별한 이유도 없이 그렇게 태도를 갑자기 바꾸면 앞으로 자네 신용에도 문제가 될 걸세."

"문제가 되어도 상관없습니다."

"그렇지는 않을 걸세. 사람한테 신용만큼 중요한 것은 없으니까. 설령 지금 한발 물러나 하숙집 주인이……"

"주인 할아버지가 아니라 할머니입니다."

"누구든 상관없네. 하숙집 할머니가 자네한테 말한 것을 사실로 인정한다 해도 자네의 월급 인상은 고가 선생의 월급에서 떼어내 얻은 것은 아니지 않은가. 고가 선생은 노베오카로 떠나고 그 후임이 오네.

그 후임이 고가 선생보다 약간 적은 급료를 받게 된다네. 그 나머지가 자네한테 가는 거니까 자넨 누구한테도 미안해할 필요가 없다는 거지. 고가 선생은 노베오카에서 지금보다 더 많은 월급을 받고, 새로 오는 선생은 처음부터 더 적게 받고 오기로 약속된 거네. 그래서 자네의 월급이 오른다면 이보다 좋은 일은 없을 것 같은데. 그래도 싫다면 어쩔 수 없지만, 다시 한 번 잘 생각해보지 않겠나?"

나는 머리가 그리 좋지 않은 사람이라 평소라면 상대가 이렇게 교묘한 말을 늘어놓으면 '아, 그런가, 그럼 내가 잘못했구나' 하고 송구스러워하며 물러났겠지만, 오늘 밤에는 그럴 수 없었다. 처음 이곳에 왔을 때부터 빨간 셔츠는 어쩐지 주는 것 없이 미웠다. 한때는 친절하고 여자 같은 남자라고 고쳐 생각했지만, 그게 친절도 뭐도 아닌 것 같아 오히려 너욱 싫어졌다. 그러므로 그가 아무리 논리적으로 끈질기게 설득한다 해도, 당당한 교감의 방식으로 나를 꼼짝 못하게 하려 해도 개의치 않을 것이다. 언변이 좋은 사람이 꼭 좋은 사람이라고는 할 수 없다. 찍소리 못하는 사람이 꼭 악인이라고 할 수도 없다. 표면적으로는 빨간 셔츠의 말이 아주 타당하지만, 겉이 아무리 훌륭하다고 해도 마음속까지 끌리게 할 수는 없다. 돈이나 권력이나 논리로 사람의 마음을 살 수 있다면 고리대금업자나 순사나 대학교수가 사람들에게 가장 호감을 사야 한다. 중학교 교감 정도의 논법에 어떻게 내마음이 움직인단 말인가. 사람은 좋고 싫은 감정으로 움직이는 법이다. 논리로 움직이는 게 아닌 것이다.

"선생님의 말씀은 지당합니다만, 저는 월급 인상이 싫어졌으니까 아무튼 거절하겠습니다. 생각해봤자 마찬가지입니다. 안녕히 계십시오."

이렇게 말하고 문을 나섰다. 머리 위에는 은하수 한 줄기가 걸려 있었다.

9

끝물호박의 송별회가 있던 날 아침, 학교에 나가니 산미치광이가 집자기 장황하게 사과를 했다.

"이봐, 지난번에는 이카긴이 와서 자네가 난폭해 곤란하니까 제발 나가도록 얘기해달라며 부탁해서 그런 줄로만 알고 자네한테 나가달라고 얘기했다네. 그런데 나중에 들어보니 그자가 나쁜 놈이었더군. 가짜 글씨에 가짜 낙관을 찍어서 강매한다고 하니 자네 일도 순전히 엉터리임에 틀림없네. 자네한테도 족자나 골동품을 팔아먹을 심산이 었는데, 자네가 상대해주지 않아 벌이가 시원치 않자 그런 일을 꾸며서 속였던 거지. 그런 사람인 줄도 모르고 자네한테 큰 실례를 범했네. 용서해주게."

나는 아무 말도 하지 않고 산미치광이의 책상 위에 있던 1전 5리를 집어서 내 지갑 속에 넣었다.

"자네, 이제 그걸 집어넣는 건가?"

산미치광이가 의아한 듯 물었다.

"응, 난 자네한테 대접받는 것이 싫었으니까 반드시 갚을 생각이었지만, 나중에 곰곰이 생각해보니 역시 대접받는 것이 좋을 것 같아서 집어넣은 것이네."

"하하하하, 그렇다면 왜 진작 집어가지 않았는가?"

산미치광이는 크게 웃으면서 물었다.

"사실은 진작부터 집어가려고 했지만, 왠지 어색해서 그대로 두었네. 요즘은 학교에 와서 이 1전 5리를 보는 것이 괴로울 정도로 싫었다네."

"자네도 어지간히 지기 싫어하는 성격이군."

"자네도 어지간히 고집불통이야."

그러고 나서 우리 둘은 이런 얘기를 주고받았다.

"자넨 대체 고향이 어딘가?"

"나는 도쿄 토박이네."

"음, 도쿄 토박이라. 어쩐 무척이나 지기 싫어한다 싶었네."

"자네는 어딘가?"

"난 아이즈라네."

"고집불통 아이즈인가, 그래서 고집이 셌군그래, 오늘 송별회에는 가나?"

"가고말고, 자네는?"

"나도 물론 가지, 고가 선생님이 떠날 때는 해변까지 전송하러 나갈 생각까지 하고 있다네."

"송별회는 재미있다네. 나가보게. 오늘은 마음껏 취할 생각이네."

"맘껏 마시게. 나는 안주만 먹고 금방 돌아올 걸세. 술 같은 걸 마시는 놈은 바보네."

"자네는 금세 싸움을 걸어오는군그래. 역시 도쿄 토박이의 경박함이 잘 드러난다니까."

"아무래도 좋아, 송별회에 가기 전에 잠깐 내 하숙집에 들러주게. 할 얘기가 있네."

산미치광이는 약속대로 내 하숙집에 들렀다. 나는 얼마 전부터 끝물호박의 얼굴을 볼 때마다 가엾기 짝이 없었는데 드디어 오늘 송별회를 한다니까 어쩐지 불쌍해서 할 수만 있다면 내가 대신 가고 싶은 기분이었다. 그래서 송별회 석상에서 일장 연설이라도 하여 가는 길을 성대하게 해주고 싶었다. 하지만 혀끝을 말듯이 거칠게 지껄이는 내 도쿄 말투로는 도저히 뜻대로 되지 않을 것 같아 목소리가 우렁찬 산미치광이를 시켜 빨간 셔츠의 간담을 서늘하게 해줄 생각이 떠올랐기에 일부러 산미치광이를 불렀던 것이다.

나는 먼저 마돈나 사건부터 이야기하기 시작했는데, 물론 산미치광이는 마돈나 사건을 나보다 더 상세히 알고 있었다. 내가 노제리가와 강독 얘기를 하고서 "그놈은 바보 같은 자식이야!" 하며 분개하자 산미치광이가 말했다.

"자네는 누구한테나 '바보'라고 하는군. 오늘 학교에서 나한테도 바보라고 하지 않았나. 내가 바보라면 빨간 셔츠는 바보가 아니야. 나는 빨간 셔츠와 같은 부류가 아닐세."

"그렇다면 빨간 셔츠는 쓸개 빠진 명청이야."

"그럴지도 모르지."

산미치광이는 내 말에 동의했다. 산미치광이는 강하기는 하지만, 이런 말에 있어서는 나보다 어휘력이 훨씬 떨어졌다. 고집불통 아이즈 사람들은 다들 그런 모양이다.

그러고 나서 월급 인상 사건과 앞으로 나를 중용하겠다는 빨간 셔츠의 말을 그대로 전하자 산미치광이는 흥, 하고 콧방귀를 뀌었다.

"그렇다면 나를 면직시킬 심산이로군."

"면직시킬 심산이라니, 그럼 자네는 면직당할 생각인가?"

"내가 면직당한다면 빨간 셔츠도 함께 면직당하게 해줘야지."

산미치광이는 큰소리를 쳤다. 그래서 나는 되물었다.

"어떻게 함께 면직되게 할 생각인가?"

"거기까지는 아직 생각해보지 않았네."

산미치광이는 강해 보이지만 지혜가 별로 없는 것 같다. 내가 월급 인상을 거절했다고 말하자 그는 아주 기뻐하며 "역시 도쿄 토박이답군" 하고 몹시 칭찬해주었다.

"끝물호박이 그렇게 가기 싫어한다면 왜 유임 운동이라도 해주지 않았나?"

"끝물호박한테서 얘기를 들었을 때는 이미 결정이 난 상황이었네. 교장한테 두 번, 빨간 셔츠한테 한 번 가서 따졌지만 어떻게 해볼 수가 없었지. 게다가 고가 선생님은 사람이 지나치게 좋아서 문제야. 빨간 셔츠가 이야기했을 때 단호하게 거절하든가 한번 생각해보겠다고 하고 일단 피하면 됐을 텐데, 그 언변에 속아 그 자리에서 승낙한 것이라, 나중에 선생님 모친이 울며 매달려도, 내가 따지러 가도 별 도움이 되지 못했지."

산미치광이는 몹시 안타까워했다.

"이번 사건은 순전히 빨간 셔츠가 끝물호박을 멀리 보내버리고 마돈나를 수중에 넣으려는 수작일 거야."

"물론 그게 틀림없겠지. 그자는 얌전한 얼굴로 악행을 저지르고, 남이 뭐라 하면 미리 빠져갈 구멍을 다 만들어놓고 기다리고 있으니 여간 간사한 작자가 아닐세. 그런 놈은 따끔한 주먹맛을 봐야 정신을 차리는데."

산미치광이는 소매를 걷어 알통이 울퉁불퉁한 팔을 보여주었다. 내친김에 내가 물었다.

"자넨 팔이 강해 보이는데 유도라도 하나?"

그러자 그는 위팔에 힘을 주어 알통을 만들고는 내게 한번 만져보라고 했다. 손끝으로 눌러보았더니 보기보다 단단한 것이 목욕탕에 있는 속돌 같았다. 나는 너무 감탄한 나머지 물어보았다.

"그 정도의 팔이라면 빨간 셔츠 대여섯 놈은 한꺼번에 날려버릴 수 있을 것 같은데?"

"물론이지."

그러면서 산미치광이는 팔을 폈다 오므렸다 했다. 그러자 알통이 피부 안에서 꿈틀거렸다. 정말 재미있다. 산미치광이가 장담하는 바에 따르면 지노 두 개를 꼬아 알통에 감고 힘을 주면 톡 끊어진다고 한다.

"지노라면 나도 할 수 있을 것 같은데."

"어림없어, 할 수 있으면 어디 한번 해봐."

끊어지지 않으면 망신만 당할 것 같아 나는 나중으로 미뤘다.

"자네, 어떤가, 오늘 밤 송별회에서 실컷 마시고 나서 빨간 셔츠하고 알랑쇠 손 좀 봐주지 않겠나?"

나는 반 농담으로 권해보았다. 산미치광이는 글쎄, 하며 골똘히 생각하더니 대답했다.

"오늘 밤에는 그만두지."

"왜?"

"오늘 밤에는 고가 선생님한테 미안하니까. 그리고 어차피 손봐줄 거라면 그놈들이 못된 짓을 하는 장면을 잡아서 현장에서 손봐줘야 지, 그렇지 않으면 우리 쪽 잘못이 되는 거니까."

산미치광이는 제법 분별 있는 말을 덧붙였다. 그는 나보다 생각이 깊은 것 같다.

"그럼 연설로 고가 선생님을 많이 칭찬해주게. 내가 하면 도쿄 토박 이의 나불거리는 말투라 무게감이 없어서 못쓰거든. 그리고 그런 자 리에만 나가면 신물이 나고 목구멍으로 커다란 덩어리가 올라와 말이 안 나오니 자네한테 양보하는 걸세."

"참 희한한 병도 다 있군. 그럼 자네는 많은 사람들 앞에서는 입도 뻥긋할 수 없다는 얘긴데, 그것 참 난처하겠는데?"

"뭘, 그렇게 곤란하지는 않네."

그럭저럭 하는 사이에 시간이 되어 산미치광이와 함께 송별회 장소 로 갔다. 모임 장소는 가신테이(花晨停)라는, 이 지역에서 제일 좋은 요릿집이라고 하는데 나는 한 번도 가본 적이 없다. 원래 가로(家老)[1] 인가 하는 사람의 저택을 사들여 그대로 개업했다고 하는데, 아니나 다를까 외관부터가 위엄이 있는 구조였다. 가로의 저택이 요릿집이 된 것은 마치 하오리를 뜯어 속옷을 만든 격이다.

두 사람이 도착한 무렵에는 대충 다 모여 다다미 쉰 장 크기의 객 실에 두세 명씩 무리지어 있었다. 다다미 쉰 장 크기인 만큼 도코노마 도 훌륭하고 컸다. 내가 야마시로야에서 묵은 다다미 열다섯 장 크기

---

1 에도 시대 다이묘(大名)의 으뜸가는 가신(家臣)으로 정무(政務)를 총괄하던 직책.

의 방에 딸린 도코노마와는 비교가 되지 않았다. 크기를 가늠해보니 대략 3, 4미터는 돼보였다. 오른쪽에는 붉은 무늬가 있는 세토 도자기 항아리에 커다란 소나무 가지가 꽂혀 있다. 소나무 가지를 꽂아놓고 뭘 하자는 것인지 모르겠으나 몇 달이고 시들 염려가 없으니 돈이 들지 않아 좋을 것이다. 세토 도자기는 어디서 만들어지는지 박물 선생에게 물었다.

"저건 세토 도자기가 아닙니다. 이마리[2]입니다."

"이마리도 세토 도자기 아닌가요?"

그러자 박물 선생은 헤헤헤헤 웃었다. 나중에 물어보니 세토에서 나오는 도자기라 세토 도자기라 한단다. 나는 도쿄 토박이라서 도자기는 다 세토 도자기라고 하는 줄 알고 있었다. 도코노마 한가운데에는 커다란 족자가 설려 있는데, 내 얼굴만 한 크기의 글씨가 스물여덟 자 쓰여 있다. 정말 서툰 글씨다. 너무 못쓴 글씨라 한문 선생에게 물어보았다.

"왜 저렇게 못쓴 글씨를 요란하게 걸어두었을까요?"

"저건 가이오쿠[3]라는 유명한 서예가가 쓴 겁니다."

가이오쿠든 누구든 나는 여전히 못쓴 글씨라고 생각했다.

이윽고 서기 가와무라가 자리에 앉아달라고 해서, 나는 기둥이 있어 기대기 좋은 자리에 앉았다. 가이오쿠의 족자 앞에 너구리가 하오리와 하카마 차림으로 앉자 그 왼쪽에 빨간 셔츠가 마찬가지로 하오리와 하카마 차림으로 진을 쳤다. 오른쪽에는 오늘의 주인공이라는

---

2 사가(佐賀) 현 이마리(伊万里) 시에서 만들어지는 아리타(有田) 도자기, 가라쓰(唐津) 도자기의 총칭.

3 누키나 가이오쿠(貫名海屋, 1788~1863). 에도 시대 후기의 유학자이자 서화가. 특히 중국풍 서체의 서예가로 유명하다.

이유로 끝물호박이 전통 옷을 차려입고 앉아 있다. 나는 양복 차림이라 무릎을 꿇고 앉기가 갑갑해 바로 책상다리를 하고 앉았다. 옆자리의 체조 선생은 검은 바지를 입고 단정하게 무릎을 꿇고 앉아 있다. 체조 교사인 만큼 수련이 아주 잘되어 있다. 곧 상이 들어오고 술병이 놓인다. 간사가 일어나 개회사를 한마디 한다. 그러고 나서 너구리가 일어나고 빨간 셔츠가 일어난다. 모두 송별사를 한마디씩 했는데, 세 사람 모두 약속이나 한 듯 끝물호박이 훌륭한 교사이며 좋은 사람이라 치켜세우고는 이번에 떠나는 게 몹시 아쉽고 학교뿐만 아니라 개인으로서도 무척 아쉽지만 일신상의 사정으로 전근을 간절히 원했기 때문에 어쩔 수 없다는 의미의 말을 늘어놓았다. 이런 거짓말로 송별회를 열면서도 전혀 부끄러워하지 않는다. 세 사람 중에서 특히 빨간 셔츠가 끝물호박 칭찬을 가장 많이 했다. 이런 좋은 벗을 잃는다는 것은 자신에게도 실로 커다란 불행이라고까지 말했다. 게다가 그 말투가 너무나도 그럴듯하고 평소의 부드러운 목소리를 한층 더 부드럽게 하여 말했으니 처음 듣는 사람은 누구라도 속아 넘어갈 것이다. 마돈나도 아마 이런 수법에 넘어갔을 것이다. 빨간 셔츠가 송별사를 늘어놓고 있는 동안 맞은편에 앉아 있던 산미치광이가 나를 보고 살짝 눈짓을 했다. 나는 그에 대한 응답으로 집게손가락으로 아래 눈꺼풀을 뒤집어 보였다.

빨간 셔츠가 자리에 앉기를 기다렸다는 듯이 산미치광이가 벌떡 일어나자 나는 기쁜 나머지 무심코 박수를 치고 말았다. 그러자 너구리를 비롯한 모두의 시선이 나에게 쏠려 좀 무안했다. 산미치광이가 무슨 소리를 하나 싶었다.

"방금 교장 선생님을 비롯해서 교감 선생님께서는 고가 선생님의 전근을 몹시 아쉬워하셨지만, 저는 반대로 고가 선생님이 하루라도 빨리 이곳을 떠났으면 하는 바람입니다. 노베오카는 먼 벽지라 이곳에 비하면 물질적으로 불편하기는 할 것입니다. 하지만 들은 바로는 풍속이 아주 순박한 곳이고 교직원과 학생들이 하나같이 선조들[4]처럼 꾸밈없고 정직한 기풍을 지녔다고 합니다. 마음에도 없는 찬사를 늘어놓는다든가 멀쩡한 얼굴로 군자를 모함하는 하이칼라 놈들은 한 놈도 없을 것이라 믿기 때문에 고가 선생님처럼 온량(溫良)하고 돈후(敦厚)한 분은 반드시 그 지방 사람들의 환영을 받을 것입니다. 저는 고가 선생님을 위해 이 전근을 대단히 축하드리는 바입니다. 끝으로 고가 선생님이 노베오카에 부임하시면 그 고장의 숙녀로서 군자의 좋은 배필이 될 만한 자격을 갖춘 이를 택하여 하루라도 빨리 원만한 가정을 이루시어 부정하고 절개 없는 철부지 아가씨를 사실상 죽고 싶도록 부끄럽게 해주시기를 바라는 바입니다."

그러고 나서 산미치광이는 에헴, 에헴, 두 번 크게 헛기침을 하고는 자리에 앉았다. 나는 이번에도 손뼉을 치려고 했지만, 또 모두가 내 얼굴을 쳐다보는 게 싫어 그만두었다. 산미치광이가 자리에 앉자 이번에는 끝물호박이 일어섰다. 선생은 정중하게 자기 자리에서 일어나 방 끝의 말석까지 가서 모두에게 공손히 인사를 했다.

"이번에 일신상의 사정으로 규슈로 가게 된 것에 대하여 여러 선생님들께서 이렇게 저를 위해 성대한 송별회를 베풀어주시니 진심으로 감격해 마지않는 바입니다. 특히 방금 교장 선생님, 교감 선생님을 비롯한 여러 선생님들의 송별사에 대하여 참으로 감사히 여기며 평생

4 노베오카가 있는 미야자키(宮崎) 현은 일본 신화에서 천손강림(天孫降臨)의 땅으로 알려진 곳이다.

마음속에 간직하겠습니다. 저는 이제 먼 곳으로 갑니다. 아무쪼록 저 버리지 마시고 종전처럼 잘 부탁드립니다."

선생은 엎드려 절하고는 자리로 돌아갔다.

끝물호박은 사람이 어디까지 좋은 것인지, 그 깊이를 알 수 없다. 자신을 바보 취급하는 교장과 교감에게 공손하게 예를 표하고 있다. 그것도 체면상 형식적으로 하는 인사라면 몰라도 그 태도나 말투 하며 얼굴 표정으로 보면 진심으로 감사하고 있는 듯하다. 이런 성인에게 진심 어린 인사를 받으면 미안한 생각에 얼굴이 빨개질 것 같지만, 너구리도 빨간 셔츠도 짐짓 근엄한 표정으로 경청하고 있을 뿐이다.

인사가 끝나자 여기저기서 후루룩, 후루룩 하는 소리가 들린다. 나도 흉내를 내어 국물을 마셔봤더니 맛이 없었다. 술안주로 어묵이 나왔는데 거무칙칙한 것이 지쿠와(竹輪)⁵를 만들다 실패한 것 같다. 생선회도 나왔는데 두꺼워서 참치 한 토막을 날로 먹는 것 같았다. 그래도 옆에 앉은 선생들은 우적우적 맛있다는 듯이 먹고 있다. 아마 도쿄식 요리를 먹어본 적이 없을 것이다.

그러는 동안 데운 술병이 부산하게 오가더니 주위가 갑자기 떠들썩해졌다. 알랑쇠는 교장 앞으로 나아가 공손하게 잔을 받고 있다. 역겨운 놈이다. 끝물호박은 차례차례 술을 따라주고 받으며 한 바퀴 돌 모양이다. 심히 고생한다. 끝물호박이 내 앞에 와서는 "한 잔 받아도 되겠습니까?" 하며 하카마 주름을 바로 세우고 술을 청해 나도 양복바지 차림으로 거북살스럽게 꿇어앉아 한 잔 따라드렸다.

"여기까지 왔는데 이렇게 바로 이별이라니 아쉽습니다. 언제 떠나십니까? 전송하러 선착장에 꼭 나가겠습니다."

5 으깬 생선살을 대꼬챙이에 말아 굽거나 찐 다음 대꼬챙이를 뺀 관(管) 모양의 어묵.

"아닙니다. 바쁘실 텐데…… 그러실 필요 없습니다."

끝물호박이 뭐라고 해도 나는 학교를 빠지는 한이 있더라도 전송하러 나갈 생각이다. 그리고 한 시간쯤 지나자 술자리는 제법 시끌벅적해졌다.

"자, 한 잔, 아니, 내가 마시라는데……"

이렇게 혀 꼬부라진 소리를 내는 사람도 한두 명 나왔다. 약간 지루한 생각이 들어 화장실에 갔다가 별빛에 비친 고풍스러운 정원을 바라보고 있는데 산미치광이가 다가왔다.

"어때? 아까 연설 잘했지?"

자못 득의양양하다.

"대찬성인데 한 군데는 마음에 안 들었어."

니는 이의를 세기했나.

"어느 대목이 마음에 안 들었는데?"

"멀쩡한 얼굴로 군자를 모함하는 하이칼라 놈들은 노베오카에 없을 테니까…… 하고 말했지?"

"응."

"하이칼라 놈들만으로는 부족해."

"그럼 뭐라고 해야 하는데?"

"하이칼라 놈들, 협잡꾼, 사기꾼, 양의 탈을 쓴 늑대, 야바위꾼, 날다람쥐, 앞잡이, 멍멍 짖어대는 개새끼나 다름없는 놈이라고 했어야지."

"나는 그렇게는 혀가 안 돌아가, 자네는 막재주가 좋구먼, 9 선 딘 어를 많이 알고 있어. 그런데도 연설을 못한다니 참 희한한 일이야."

"아니, 그건 싸움할 때 써먹으려고 만약을 위해 준비해둔 말이야. 연설을 하게 되면 이렇게 나오지 않지."

"그럴까? 하지만 술술 잘만 나오던데. 어디 다시 한 번 해보게."

"얼마든지 할 수 있지, 자 들어보라고. 하이칼라 놈들, 협잡꾼, 사기
꾼······"

이렇게 늘어놓고 있는데, 툇마루를 쿵쾅거리며 두 사람이 비틀거리
면서 달려왔다.

"거기 두 사람, 이거 너무하는 거 아닌가······ 도망가다니. 내가 있
는 한 절대 도망갈 수 없지. 어서 마시게나. 사기꾼? 재미있군. 정말
재미있어. 자, 어서 마시게."

나와 산미치광이를 막무가내로 끌고 간다. 사실은 이 두 사람도 화
장실에 가려고 나왔지만 취해서 볼일 보는 것도 잊어버리고 우리를
끌고 가는 것일 게다. 술주정뱅이는 눈앞의 일만 보이고 그 전의 일은
금세 잊어버리는 모양이다.

"자, 여러분! 사기꾼들을 끌고 왔네. 어서 술 좀 먹이게. 사기꾼들을
잔뜩 취하게 해야지. 자네, 도망가면 안 되네."

그러고는 도망가지도 않는 나를 벽 쪽으로 밀어붙였다. 주위를 둘
러보니 상 위에는 먹을 만한 안주가 하나도 없다. 자기 몫을 깨끗이
먹어치우고 10미터쯤 앞으로 안주 원정을 나간 작자도 있다. 교장은
언제 돌아갔는지 모습이 보이지 않는다.

그때 "이 방인가?" 하며 게이샤 서너 명이 들어왔다. 나도 조금 놀랐
지만 벽 쪽에 밀려 있는지라 가만히 보고만 있었다. 그러자 지금까
지 도코노마 기둥에 기대고 있던, 예의 그 호박 파이프를 자랑스럽게
물고 있던 빨간 셔츠가 벌떡 일어나 방을 나가려고 했다. 맞은편에서
들어오던 게이샤가 나가려던 빨간 셔츠를 보고 웃으며 인사했다. 제
일 어리고 예쁜 게이샤다. 멀어서 들리지는 않지만 "어머, 안녕하세

요” 정도의 인사였던 것 같다. 빨간 셔츠는 모르는 척하는 얼굴로 나
가더니 다시는 얼굴을 비치지 않았다. 아마 교장의 뒤를 따라 돌아갔
을 것이다.

게이샤가 들어오자 방 안 분위기가 갑자기 활기를 띠었다. 모두 함
성을 지르며 환영이라도 하는 것처럼 떠들썩하다. 그리고 어떤 놈은
난코[6]를 한다. 그 소리가 어찌나 큰지 이아이누키[7] 연습이라도 하는
것 같다. 이쪽에서는 가위바위보를 한다. 가위바위보, 하며 정신없이
두 손을 흔들어대는 모습은 다크 극단[8]의 꼭두각시 인형보다 훨씬 능
숙하다. 건너편 구석에서는 “이봐, 술 좀 따라봐” 하다가 술병을 흔들
어 보이며 “술, 술” 하고 소리친다. 너무 시끄럽고 소란스러워서 견딜
수가 없다. 그런 가운데 따분하게 고개를 처박고 생각에 잠겨 있는 이
는 끝물호박뿐이다. 끝물호박을 위한 송별회를 열어준 것은, 그의 전
근을 아쉬워해서가 아니다. 다들 술을 먹고 놀기 위해서다. 끝물호박
혼자 따분해하고 괴로워하게 하기 위해서다. 이런 송별회라면 열지
않는 게 훨씬 낫다.

잠시 후 저마다 굵고 탁한 목소리로 무슨 노래를 시작했다. 내 앞
으로 온 한 게이샤는 “노래 한 곡 부르시지요?” 하며 샤미센[9]을 잡았
다. 나는 노래 같은 건 안 부르니까 너나 부르라고 했더니 “징이나 북
으로, 길 잃은 산타로야, 하고 둥둥둥, 쟁쟁쟁 두드리며 다닌다고 만날
수 있다면 나도 징이나 북으로 둥둥둥, 쟁쟁쟁 두드리고 다니며 만나

6 술자리 등에서 바둑놀이나 조약돌 등을 쥐고 내밀어 서로 그 숫자를 맞추는 놀이.
7 앉아 있다가 재빨리 칼을 뽑아 적을 베는 검술.
8 1894년경 일본에 온 영국의 극단. 일본에서 최초의 서양 꼭두각시 인형극을 공연했다.
9 일본의 대표적인 현악기로 산겐(三絃)이라고도 한다. 네 개의 상자를 합친 통에 긴 지판(指板)
을 달고 그 위에 비단실로 꼰 세 줄을 연결한 악기다.

고 싶은 사람이 있네" 하는 데까지 두 번 숨 쉬고 부르고는 "아아, 힘들다" 하고 말했다. 그렇게 힘들다면 편한 노래를 하면 될 텐데.

그러고 있는데 어느 틈에 내 옆에 와서 앉은 알랑쇠가 여전히 만담가 같은 말투로 놀린다.

"스즈 짱, 보고 싶은 사람을 만나나 싶었는데 금방 가버려서 어이할꼬."

"몰라요."

게이샤는 새치름하게 대답했다. 알랑쇠는 개의치 않고 기분 나쁜 목소리로 기다유부시[10] 흉내를 낸다.

"우연히 상봉하긴 했건만……"

"그만하세요."

게이샤가 손바닥으로 무릎을 때리자 알랑쇠는 아주 좋아하며 웃는다. 이 게이샤가 빨간 셔츠에게 인사했던 여자다. 게이샤에게 맞고 웃다니, 알랑쇠도 한참 못난 놈이다.

"스즈 짱, 내가 기노쿠니(紀伊の國)[11]를 출 테니까 반주 한 번 해봐."

알랑쇠는 이제 춤까지 출 모양이다. 맞은편에서 한문 선생 영감이 이 없는 입을 일그러뜨리며 "거, 안 들리오, 덴베 씨. 당신과 나 사이는……"까지는 무사히 끝냈지만 "그다음이 뭐더라?" 하고 게이샤에게 물어본다. 늙은이는 기억력이 안 좋은 법이다. 한 게이샤가 박물 선생을 붙들고 노래한다.

"요즘엔 이런 노래가 나왔어요. 타볼까요? 잘 들어보세요. 서양식

---

10 자루가 굵은 저음의 샤미센 음률에 맞춰 가락을 넣어 읊는 형식.

11 샤미센에 맞춰 부르는 속요인 하우타(端唄)의 곡명. 에도 시대 후기부터 술자리에서 춤추며 부르는 노래로 유행했고 메이지 시대에 들어와서도 활발하게 불렸다.

트레머리, 하얀 리본의 하이칼라 머리, 타는 것은 자전거, 타는 건 바이올린, 서툰 영어로 술술 I am glad to see you."

그러자 박물 선생은 "이야, 재미있구먼, 영어가 들어간 노래네" 하고 감탄한다.

산미치광이는 아주 큰 소리로 "게이샤, 게이샤" 하고 부르고는 "내가 검무를 할 테니까 샤미센 좀 타봐" 하고 호령했다. 게이샤는 너무 난폭한 소리여서 어안이 벙벙한 채 대꾸도 하지 못한다. 산미치광이는 아랑곳하지 않고 지팡이를 들고 와 "답파천산만악연(踏破千山万岳烟)[12]……" 하며 한가운데로 나가 혼자 숨은 재주를 펼치고 있다. 그때 이미 기노쿠니를 끝내고, '갓포레, 갓포레' 하며 익살스럽게 춤까지 춘 뒤에 선반의 오뚝이 어쩌고 하는 속요마저 한바탕 불러젖힌 알랑쇠가 알몸에 훈도시 하나만 걸치고는 종려나무 빗자루를 겨드랑이에 낀 채 "청일담판이 결렬되어[13]……" 하며 좌중을 누비고 다니기 시작했다. 미치광이나 다름없다.

나는 아까부터 괴로운 듯 하카마도 벗지 않고 앉아 있는 끝물호박이 딱해서 견딜 수 없었다. 아무리 자신을 위한 송별회라지만 알몸에 훈도시 차림으로 추는 춤까지 하오리와 하카마 차림으로 참고 볼 필요는 없다고 생각해 옆으로 다가갔다.

"고가 선생님, 이제 그만 가시지요."

나는 돌아갈 것을 권해보았다.

"오늘은 저를 위한 송별회인데, 제가 먼저 돌아가는 건 실례가 되겠

---

12 존왕양이파(尊王攘夷派)인 사이토 겐모쓰(齋藤監物, 1822~1860)가 14세기의 무장 고지마 다카노리(兒島高德)를 칭송한 한시로 당시 널리 애송되었다.

13 1891년에서 1892년 무렵에 지어져 소시(壯士, 일종의 정치 청년들)들이 즐겨 부르던 노래 〈긴부부시(欣舞節)〉의 한 구절. 이 가사에 청나라를 비하하는 말인 '짱꼴라(ちゃんちゃん)'가 나온다.

지요. 제 걱정은 마시고 먼저 들어가시지요."

끝물호박은 이렇게 말하며 움직일 기색이 없었다.

"무슨 상관입니까? 송별회라면 송별회답게 해야지요. 저 꼴을 좀 보십시오. 미치광이 모임입니다. 자, 어서 가시지요."

내켜하지 않는 것을 억지로 권해 방을 나가려고 하는데, 알랑쇠가 빗자루를 휘두르며 다가왔다.

"이런, 오늘의 주인공이 먼저 가다니 너무하지 않소. 자 청일담판이다. 못 보내."

알랑쇠는 빗자루를 옆으로 뻗어 길을 막았다.

"청일담판이라면 네놈이 짱꼴라겠지."

나는 아까부터 슬슬 부아가 치밀어 올랐는지라 사정없이 주먹으로 알랑쇠의 대갈통을 갈겨주었다. 알랑쇠는 2, 3초 동안 얼이 빠진 사람처럼 멍하니 서 있었다.

"아니 이건 너무하는군. 주먹질을 하다니 한심해. 이 요시카와를 때리다니 정말 어이가 없구먼. 이젠 정말 청일담판이야."

알랑쇠가 이런 영문을 알 수 없는 소리를 늘어놓고 있는데, 뒤에서 산미치광이가 무슨 소동이 벌어진 것을 알고는 검무를 그만두고 달려왔다. 하지만 알랑쇠의 이런 꼴을 보고는 갑자기 목덜미를 휙 잡아당겼다.

"청일…… 아야! 아야! 정말 이건 난폭한 짓이야."

이렇게 발버둥치는 알랑쇠를 옆으로 비틀었더니 쿵 하고 쓰러졌다. 그다음에는 어떻게 되었는지 모른다. 돌아가는 길에 끝물호박과 헤어져서 집으로 갔더니 11시가 넘었다.

10

오늘은 승전기념일이라 수업이 없다. 연병장에서 기념식이 열리는 터라 니구리는 학생들을 인솔하고 참석해야 한다. 나도 교직원의 한 사람으로 함께 따라갔다. 거리에 나서니 일장기 물결에 눈이 부실 정도였다. 학생이 모두 8백 명이나 되어 체조 교사가 대오를 짰다. 반과 반 사이에 간격을 두고 각 반에 교직원 한 사람 내지 두 사람을 감독으로 배치하는 식이었다. 그 방법 자체는 무척 교묘한 것이었으나 실제로는 굉장히 허술했다. 학생들은 아이들인 데다 건방지고 규율을 어기지 않으면 학생 체면이 서지 않는다고 생각하는 놈들이라 교직원 몇 명이 따라간다고 해도 아무런 도움이 되지 않았다. 명령을 내리지 않았는데도 멋대로 군가를 부르지를 않나, 군가가 그치면 와아 하는 영문을 알 수 없는 함성을 지르지를 않나 꼭 떼독이 무사들이 거기를 휩쓸고 지나가는 꼴이었다. 군가도 부르지 않고 함성도 지르지 않을 때는 와글와글 떠들어댔다. 떠들지 않아도 걸어갈 수 있을 텐데. 일본 인은 다들 입부터 먼저 태어나니 아무리 잔소리를 해도 듣지를 않는다. 떠드는 것도 단순히 지껄이는 것이 아니라 선생들 욕이나 해대니 저질인 것이다. 나는 숙직 사건으로 학생들에게 용서를 빌게 하여, 뭐 이 정도면 됐겠지, 하고 생각했다. 그런데 실제로는 큰 착각이었다. 하숙집 할머니 말을 빌리자면, 정밀 착각 대장이다. 학생들이 용서를 빈 것은 진심으로 뉘우쳐서가 아니었다. 단지 교장의 명령을 받고 형식적으로 머리를 숙였을 뿐이다. 머리만 조아리고 교활한 짓을 계속하는 장사꾼과 마찬가지로 학생들도 용서는 빌지만 결코 장난을 그만두지 않을 것이다. 잘 생각해보면, 세상 사람들은 대부분 이런 학생들과 같은 자들로 이루어져 있는지도 모른다. 사과를 하거나 용서를 빌 때 진지하게 받아들여 용서하는 사람은 지나치게 정직한 바보라고 할 것이다. 용서를 비는 것도 가짜로 하기 때문에 용서하는 것도 가짜로 용서하는 거라고 생각해도 된다. 만약 정말 용서받기를 원한다면, 진심으로 후회할 때까지 두들겨 패지 않으면 안 될 것이다.

내가 각 반 사이에 들어가니 덴푸라라든가 경단이라는 소리가 끊임없이 들린다. 게다가 수가 많아서 누가 하는 소리인지 알 수가 없다. 설사 안다고 해도 '선생님을 덴푸라라고 한 게 아니다, 경단이라고 한 것도 아니다, 그건 선생님이 신경쇠약이라 곡해해서 그렇게 들리는 것'이라고 말할 게 뻔하다. 이런 비열한 근성은 봉건 시대부터 양성된 이 고장의 습관이어서 아무리 타이르고 가르쳐주어도 도저히 고쳐지지 않는다. 이런 고장에 1년만 있으면 아무리 결백한 나라도 그런 짓을 하게 될지 모른다. 상대가 교묘하게 발뺌하여 내 체면을 더럽히는 걸 보고만 있을 얼간이는 없다. 상대가 사람이라면 나도 사람이다. 학생이라고 해도, 아이들이라고 해도 덩치는 나보다 크다. 그러니 어떻게든 형벌로 보복하지 않으면 체면이 서지 않는다. 그런데 내가 보복을 할 때 평범한 수단으로 하면 상대가 반격해올 것이다. 네놈들이 나쁘기 때문이라고 하면, 미리 빠져나갈 구멍을 만들어놓았기 때문에 거침없이 변명을 늘어놓을 것이다. 변명을 늘어놓고는 자신들을 겉으로만 그럴듯하게 만들어놓고 나서 내 허점을 공격해올 것이다. 처음부터 보복에서 시작된 일이니 상대의 잘못이 드러나지 않는 이상 내 변호는 먹혀들지 않을 것이다. 요컨대 상대가 먼저 손을 썼는데도 세상 사람들은 내가 먼저 싸움을 건 줄 알게 되는 것이다. 엄청난 불이익이다. 그렇다고 상대가 뭘 하건 바보처럼 가만히 있으면 상대는 점점 더 못된 짓을 할 뿐이니, 거창하게 말하면 세상에도 유익하지 않다. 그래서 어쩔 수 없이 나도 상대의 수법을 이용하여 말려들지 않고도 상대가 손쓸 방도가 없는 보복을 하지 않으면 안 된다. 그렇게 되면 노교 토박이도 엉망이 된다. 엉망이 되겠지만, 1년씩이나 이렇게 당해온 이상 나도 사람인지라 어떻게든 그렇게 하지 않으면 일이 매듭지어지지 않는다. 무슨 일이 있어도 빨리 도쿄로 돌아가 기요와 함께 사는 게 최고다. 이런 시골에 있는 것은 타락하러 온 것이나 다름없다. 신문 배달을 한다고 해도 이렇게까지 타락하는 것보다는 낫다.

이런 생각을 하며 마지못해 따라가는데 갑자기 선두 쪽이 왁자지껄 소란스러워졌다. 그러더니 행렬이 뚝 멈춘다. 이상하다 싶어 행렬 오른쪽으로 빠져나가 앞쪽을 봤더니 오테마치의 막다른 길에서 야쿠시마치로 구부러지는 모퉁이에서 행렬이 막힌 채 밀치락달치락하고 있었다. 앞쪽에서 조용히 하라며 목이 쉬도록 소리치면서 다가온 체조 교사에게 무슨 일이냐고 물으니 모퉁이에서 중학교 학생들과 사범학교 학생들이 충돌했다고 한다.

중학교와 사범학교는 어느 지역에서나 견원지간으로 사이가 좋지 않다. 무슨 까닭인지는 모르지만 기풍이 전혀 맞지 않는다. 무슨 일만 생기면 싸움을 한다. 아마 좁은 시골이라 따분하니 심심풀이로 싸우는 것이리라. 나는 싸움을 좋아하는 편이라, 충돌이라는 말을 듣고 반은 재미 삼아 달려갔다. 앞쪽에 있는 학생들은 "지방세[1] 주제에 비켜!"하고 고함을 지르고, 뒤에서는 "밀어! 밀어붙여!"하고 소리를 지르고 있었다. 내가 거치적거리는 학생들 사이를 빠져나가 길모퉁이에 막 들어서려는데 "앞으로!"하는 카랑카랑한 구령 소리가 들리는가 싶더니 사범학교 학생들이 엄숙하게 나아가기 시작했다. 서로 먼저 가겠다고 하다 벌어진 충돌이 타협이 된 모양인데, 결국 중학교가 한발 양보한 것이었다. 자격으로 말하자면 사범학교가 위라고 한다.

승전기념식은 매우 조촐하게 치러졌다. 여단장이 축사를 낭독하고 지사가 축사를 읽었다. 참석자가 만세를 불렀다. 그것으로 끝이었다. 축하연은 오후에 있다고 하기에 일단 하숙집으로 돌아갔다. 얼마 전부터 마음먹고 있던, 기요에게 보낼 답장을 쓰기 시작했다. 다음에는 좀 더 자세하게 써달라는 부탁을 해왔기 때문에 이번에는 되도록 정성껏 써야 한다. 하지만 막상 편지지를 펴놓고 보니 쓸 것은 많은데 무엇부터 써나가야 할지 모르겠다. 그것을 쓸까? 너무 귀찮다. 이것을 쓸까? 너무 시시하다. 뭔가 힘들이지 않고 술술 쓸 수 있는 것으로 기요가 재미있어 할 일이 없을까 하고 생각해보니 그럴 만한 사건은 하나도 없는 것 같다. 나는 먹을 갈아 붓을 적신 후 종이를 바라보고, 종이를 바라보고 붓을 적시고 먹을 갈았다. 같은 동작을 몇 번이나 되풀

---

1 일본의 사범학교는 러일전쟁 전 옛 제도에서 초등학교 교원을 양성하기 위해 설치한 공립학교로, 각 부현(府縣)에 설치되어 운영 경비를 지방세에서 보조를 받았기 때문에 '지방세'라고 놀림을 받았다.

이한 뒤 도저히 편지를 쓸 수 없다고 포기하고 벼루 뚜껑을 덮어버렸다. 편지 같은 걸 쓰는 건 성가시다. 역시 도쿄로 가서 기요를 만나 직접 얘기하는 것이 간편하다. 기요가 걱정하는 것을 모르는 것은 아니지만, 기요의 부탁대로 편지를 쓰는 것은 삼칠일(21일) 단식하는 것보다 힘들다.

나는 붓과 편지지를 내팽개치고 벌렁 드러누워 팔베개를 하고 뜰을 내다보았다. 역시 기요가 마음에 걸린다. 그때 나는 이렇게 생각했다. 이렇게 먼 곳에 와서까지 기요를 걱정해주기만 한다면 틀림없이 내 진심이 기요에게 통할 것이다. 통하기만 한다면 편지 같은 걸 보낼 필요는 없다. 보내지 않으면 무사하게 잘 지낸다고 생각할 것이다. 소식은 죽었을 때나 병이 났을 때, 또는 무슨 일이 있을 때 보내면 되는 것이다.

마당은 열 평쯤 되는, 석가산(石假山)² 같은 것도 없는 뜰인데 이렇다 할 나무도 없다. 단지 귤나무 한 그루가 서 있는데, 담장 밖에서 표지가 될 만큼 키가 크다. 나는 하숙집으로 돌아오면 늘 이 귤나무를 바라본다. 도쿄를 벗어나본 적이 없는 사람에게 귤이 열린 광경은 굉장히 진기한 것이다. 저 초록색 열매가 점점 익어 노란색이 될 터인데, 필시 무척 예쁠 것이다. 지금도 벌써 반이나 노랗게 변한 것도 있다. 할머니에게 물어보니, 굉장히 수분이 많고 맛있는 귤이라고 한다. 이제 곧 익으면 실컷 먹으라고 했으니 매일 조금씩 따먹어야겠다. 이제 3주만 있으면 충분히 먹을 수 있을 것이다. 설마 3주 안에 이곳을 떠날 일은 없겠지.

내가 귤에 대해 생각하고 있는데 뜻밖에 산미치광이가 찾아왔다.

2 정원 등을 꾸미기 위해 만든 산의 모형물.

"오늘 승전기념일이고 하니 자네와 맛있는 거라도 먹으려고 쇠고 기를 사왔네."

산미치광이는 죽순 껍질로 싼 뭉치를 소맷자락에서 꺼내 방 한가운 데로 내던지며 말했다. 나는 하숙집의 고구마 공세, 두부 공세에 시달 리고 있던 데다 메밀국숫집과 경단 가게에 출입하는 걸 금지당하고 있던 터라 "그거 좋지" 하며 바로 할머니에게 냄비와 설탕을 빌려와 끓이기 시작했다.

"자네, 빨간 셔츠에게 단골 게이샤가 있다는 걸 알고 있나?"

볼이 미어지게 쇠고기를 입에 넣으며 산미치광이가 물었다.

"알고말고, 지난번에 끝물호박 송별회 때 온 게이샤들 중 한 명일 거네."

"그렇다네. 나는 얼마 전에야 겨우 알아챘는데, 자넨 여간 민첩한 게 아니군."

산미치광이가 나를 칭찬했다.

"그자는 입만 열었다 하면 품성이니 정신적 오락이니 하는 주제에 뒤에서는 게이샤와 놀아나는 아주 괘씸한 놈이야. 다른 사람이 즐기 는 걸 너그럽게 봐주면 모르겠는데, 자네가 메밀국숫집에 간다거나 경단 가게에 들어가는 것조차 학생 단속에 방해가 된다며 교장의 입 을 통해 주의를 주지 않았나?"

"그렇지, 그놈의 사고로는 돈으로 게이샤를 사는 것은 정신적 오락 이고, 덴푸라메밀국수나 경단은 물질적 오락인 거겠지. 정신적 오락 이라면 좀 더 드러내놓고 해야지 뭐야, 그 꼬락서니는. 단골 게이샤가 들어오니까 교대라도 하는 것처럼 자리를 떠서 도망치다니. 언제까지 고 남을 속이려고만 하다니, 정말 마음에 안 들어. 그러면서 누가 공격하면 나는 모른다, 러시아 문학이다, 하이쿠가 신체시의 형제 같은 거다, 이런 말을 들먹이며 사람을 현혹시키려고 하질 않나. 그런 겁쟁이는 사내도 아니야. 음모나 일삼는 하녀가 환생한 것일 게야. 어쩌면 그놈 아버지가 유시마의 가게마[3]였는지도 모르지."

"유시마의 가게마는 또 뭔가?"

"어쨌든 남자답지 못하다는 거야…… 이봐, 그건 아직 덜 익었어. 그런 걸 먹으면 촌충 생겨."

"그래? 뭐 괜찮겠지. 그런데 빨간 셔츠는 남의 눈을 피해 온천 거리의 가도야에서 게이샤와 만나는 모양이야."

"가도야라면 바로 그 여관 말인가?"

"여관 겸 요릿집이지. 그러니까 그 녀석 코를 한번 납작하게 해주기 위해서는 그자가 게이샤를 데리고 그곳에 들어가는 현장을 잡아서 대놓고 족치는 길밖에 없어."

"현장을 잡다니, 밤중에 지키고 있자는 말인가?"

"응, 가도야 앞에 마스야라는 여관이 있지. 그 여관의 길가 쪽 2층 방을 빌려 장지문에 구멍을 뚫어놓고 지켜보는 거지."

"보고 있으면 올까?"

"오겠지. 어차피 하룻밤 가지고는 안 돼. 한 2주일쯤 지켜볼 생각을 해야겠지."

"무척 피곤할 텐데. 난 아버지가 돌아가실 때 일주일쯤 밤을 새워 간병한 적이 있는데, 나중에는 멍해져서 아주 혼난 적이 있네."

"몸이 조금 피곤한 거야 상관없지. 그런 간사한 놈을 그대로 두면

---

3 원래는 에도 시대 가부키의 소년 배우로 아직 무대에 오르지 않은 자를 말한다. 그런데 남창으로 농락당하는 자가 많아 나중에는 남색을 업으로 하는 소년을 가리키는 말로 쓰였다.

일본에도 도움이 안 되니까 내가 하늘을 대신해서 불의를 응징하는 거지."

"통쾌하겠는데. 그렇게 하기로 결정되면 나도 가세함세. 그런데 오늘 밤부터 지키는 건가?"

"아직 마스아에 이야기를 해놓지 않아서 오늘 밤은 안 되네."

"그럼 언제부터 시작할 생각인가?"

"가까운 시일 안에 시작해야지. 아무튼 정해지면 자네한테 알려줄 테니까 그때는 가세해주게."

"좋네, 언제든지 가세함세. 나는 지략에는 서툴지만 싸움을 하게 되면 꽤 날래다네."

나와 산미치광이가 열심히 빨간 셔츠 퇴치를 위한 계략을 짜고 있는데, 하숙집 할머니가 들어왔다.

"학교의 학생 한 명이 와서 홋타 선생님을 뵙겠다고 하는디유우. 방금 댁으로 찾아갔는데 안 계셔서 아마 여기 계실 거라고 해서 찾아왔다는디유우."

할머니는 문턱 앞에 무릎을 꿇고 산미치광이의 대답을 기다리고 있다.

"그렇습니까?"

산미치광이는 현관까지 나갔다가 이내 돌아왔다.

"한 학생이 축하연을 보러 가자고 찾아왔네. 오늘 고치에서 이곳까지 많은 사람들이 무슨 춤을 추러 몰려왔다고 하니까 꼭 구경하라네. 좀처럼 볼 수 없는 춤이라는데 자네도 함께 가보세."

산미치광이는 무척 들떠서 같이 가자고 권한다. 나는 춤이라면 도쿄에서 많이 봤다. 매년 하치만 축제 때 춤을 추는 가설무대가 시내를 돌아다니니 시오쿠미[4]든 뭐든 다 알고 있다. 고치 촌놈들의 바보 같은

춤 같은 건 보고 싶지 않았지만, 모처럼 산미치광이가 권하는 것이라 구경이나 해볼까 하는 생각으로 문을 나섰다. 산미치광이를 찾아온 녀석이 누군가 했더니 빨간 셔츠의 동생이었다. 묘한 놈이 온 거다.

축하연장에 들어서니 에코인의 스모 대회나 혼몬지(本門寺)의 대법회[5]처럼 수많은 깃발이 곳곳에 길게 꽂혀 있는 데다 전 세계의 국기를 모조리 빌려왔는지 새끼줄에서 새끼줄로, 밧줄에서 밧줄로 걸려 있어 드넓은 하늘이 어느 때보다 화려해 보인다. 동쪽 구석에 임시 무대를 설치하고 거기서 소위 고치의 뭐라는 춤을 춘다고 한다. 무대에서 오른쪽으로 50미터쯤 가니 갈대발로 둘러친 곳에 꽃꽂이를 전시해놓았다. 다들 감탄하며 구경하고 있지만 아주 보잘것없는 것이다. 그렇게 풀이나 대나무를 구부려놓고 기뻐할 거라면 곱사등이 정부(情夫)나 절름발이 남편을 자랑하는 게 나을 것이다.

무대 반대편에서는 연신 불꽃이 터지고 있다. 불꽃 사이로 풍선이 나왔다. '제국 만세'라고 쓰여 있다. 풍선은 천수각의 소나무 위로 훨훨 날아가 연병장 안에 떨어졌다. 다음은 펑 하는 소리가 나면서 검은 경단처럼 생긴 것이 획 하고 가을 하늘을 꿰뚫듯이 올라가더니 바로 내 머리 위에서 펑 하고 터지며 파란 연기가 우산살처럼 펴져 길게 공중으로 흩어져 사라졌다. 풍선이 또 올라갔다. 이번에는 '육해군 만세'라고 붉은 바탕에 흰 글씨가 쓰인 것이 바람에 흔들리며 온천 거리에서 아이오이무라 쪽으로 날아갔다. 아마 관음상을 모신 경내에도 떨

4 유명한 가부키 무용 중 하나. 해변에서 바닷물로 소금을 만드는 처녀가 도읍으로 돌아간 연인을 그리워하며 그가 남기고 간 모자와 의복을 걸치고 추는 춤이다.
5 혼몬지는 도쿄에 있는 니치렌슈(日蓮宗)의 4대 본산 중 하나다. 니치렌슈에서는 매년 니치렌의 명일인 10월 13일에 법회를 여는데 혼몬지의 법회가 특히 유명하다. 군중이 수많은 초롱을 앞세우고 북을 치며 참례한다.

어졌을 것이다.

기념식을 할 때는 그렇게 많지 않았는데 축하연에는 엄청나게 많은 사람들이 몰려나왔다. 시골에 이렇게 많은 사람들이 살고 있었나 싶을 만큼 바글바글했다. 똑똑해 보이는 사람은 별로 찾아볼 수 없었지만, 숫자로 보면 확실히 무시할 수 없다. 그러는 사이에 평판이 자자하던 고치의 뭐라 하는 춤이 시작되었다. 춤이라고 해서 후지마(藤間) 유파[6] 사람들이 추는 춤이라고 지레짐작하고 있었는데 큰 착각이었다.

위엄 있게 머리띠를 뒤로 묶고 닷쓰게바카마[7]를 입은 사내들이 무대에 열 명씩 세 줄로 섰는데, 그 서른 명이 모조리 칼집에서 칼을 빼 들고 있어 깜짝 놀랐다. 앞줄과 뒷줄 사이는 45센티미터쯤이고 좌우 간격은 더 좁으면 좁았지 넓지는 않을 것이다. 한 사람만 줄에서 떨어져 무대 끝에 서 있을 뿐이다. 따로 떨어져 있는 사내는 똑같이 하카마를 입고 있었지만 머리띠는 두르지 않고 칼 대신에 가슴에 북을 걸고 있다. 북은 다이가쿠라(太神樂)[8] 때 사용하는 것과 같은 것이다. 이 사내가 이윽고 "이야아! 하아!" 하고 느긋한 소리로 이상한 노래를 부르면서 북을 두두둥, 두두둥 친다. 노래는 전대미문의 신기한 가락이다. 미카와만자이(三河万歳)[9]와 보타락(普陀洛)[10]을 합쳐놓은 것이라 생각하면 크게 틀리지 않을 것이다.

노래는 상당히 유장한 것으로 여름날의 물엿처럼 야무지지 못하지

6 가부키 무용의 대표적인 유파.
7 무릎께를 끈으로 묶어 아랫도리를 가든하게 한 하카마.
8 에도 시대에 추던 사자춤, 접시돌리기 등의 곡예.
9 아이치(愛知) 현 미카와(三河) 지방을 근거지로 하여 각지로 퍼진 설날 풍습으로, 부채를 든 이와 북을 치는 이가 집집마다 방문하여 덕담을 해주거나 우스운 노래를 한다.
10 관음보살의 덕을 찬양하는 찬불가의 시작 부분. 보타락은 인도의 남해안에 있는 관세음보살의 거처라고 전해지는 산.

만 단락을 짓기 위해 둥둥둥 하고 북소리를 넣기 때문에 쉴 새 없이 계속되는 것 같아도 박자를 맞출 수는 있었다. 이 박자에 따라 서른 명의 칼이 번쩍번쩍 빛났는데, 손놀림이 재빨라서 보고만 있어도 마음이 조마조마했다. 옆에도 뒤에도 45센티미터 이내에 살아 있는 사람이 있고, 그 사람이 또 예리한 칼을 똑같이 휘두르고 있기 때문에 어지간히 장단이 맞지 않으면 서로 찔러 부상을 입게 될 것이다. 그래도 움직이지 않고 칼만 앞뒤 또는 위아래로 휘두른다면 위험하지 않겠지만, 서른 명이 동시에 발을 구르며 옆으로 움직이거나 빙그르르 돌거나 무릎을 구부릴 때가 있다. 옆 사람이 1초라도 빠르거나 느리다면 자신의 코가 잘릴지도 모른다. 옆 사람의 머리가 떨어져나갈지도 모른다. 칼의 움직임은 자유자재지만, 그것이 움직이는 범위는 45센티미터의 네모난 기둥 안에 한정되어 있는 데다 전후좌우의 사람과 같은 방향, 같은 속도로 휘둘러야 한다. 이건 정말 놀랍다. 시오쿠미나 세키노토(關の戶)[11]에 비할 바가 아니다. 들어보니 이는 굉장한 숙련도가 필요한 것으로, 쉽사리 이런 식으로 장단을 맞출 수 없다고 한다. 특히 어려운 것은 만자이부시처럼 둥둥둥 북을 치는 사람이라고 한다. 서른 명이 발을 옮기고 손을 움직이며 허리를 굽히는 방식도 모두 북을 치는 사람의 박자 하나로 정해진다고 한다. 옆에서 보고 있으면 이 사람이 가장 태평하게 "이야아! 하아!" 하고 노래하고 있지만, 사실은 책임이 심히 막중하여 몹시 힘들다고 하니 희한한 일이다.

나와 산미치광이가 너무 감탄한 나머지 넋을 잃고 이 춤을 구경하고 있는데, 50미터쯤 떨어진 데서 느닷없이 와아 하는 함성이 들렸다. 지금까지 평온하게 여기저기 구경하고 있던 사람들이 갑자기 물결이

11 가부키의 반주 음악인 도키와즈부시(常磐津節)에 맞춰 행해지는 가부키 무용의 한 작품.

일듯 좌우로 움직이기 시작했다. "싸움이다! 싸움이 벌어졌다!" 하는 소리가 들리는가 싶더니 빨간 셔츠의 동생이 사람들의 소매를 헤치고 달려왔다.

"선생님, 또 싸움이 붙었습니다. 중학교 쪽에서 오늘 아침에 당한 앙갚음으로 사범학교 놈들과 결전을 벌이는 모양입니다. 빨리 가주세요."

이렇게 말하고는 다시 인파 속으로 파고들어 어디론가 가버렸다.

"참, 성가신 놈들이라니까. 또 시작했단 말이지. 적당히 하면 좋을 텐데."

산미치광이는 인파를 헤치며 쏜살같이 달려가기 시작했다. 보고 있을 수만은 없는 노릇이라 말리려는 것이리라. 나도 피할 생각은 없다. 산미치광이의 뒤를 쫓아 바로 현장으로 달려갔다. 도착해보니 싸움이 한창이었다. 사범학교 쪽은 50, 60명이나 될까, 반면에 중학교 쪽은 확실히 3할쯤 더 많았다. 사범학교 학생들은 제복을 입고 있지만, 중학교 학생들은 승전식이 끝난 후에 대개가 기모노로 갈아입었기 때문에 적과 아군은 금방 구별할 수 있었다. 하지만 양편이 뒤섞여 엉겼다 풀렸다 하면서 싸우고 있어 어디서부터 어떻게 손을 써야 할지 알 수가 없었다. 산미치광이는 난감하다는 듯이 잠시 그 난잡한 모습을 보고 있었다.

"이렇게 되면 어쩔 수 없네. 순사가 오면 귀찮아져. 달려들어 갈라 놓자고."

산미치광이가 나를 보며 이렇게 말했기에 나는 대답도 하지 않고 돌연 싸움이 가장 격렬해 보이는 곳으로 뛰어들었다.

"그만둬, 그만두라고. 그렇게 난폭하게 굴면 학교 체면이 뭐가 되나? 그만두지 못해!"

나는 목청껏 외치며 적과 아군의 경계선처럼 보이는 데로 비집고 들어가려고 했으나 좀처럼 뜻대로 되지 않았다. 2, 3미터쯤 비집고 들어갔더니 더 이상 들어갈 수도 빠져나올 수도 없었다. 눈앞에서 비교적 덩치가 큰 사범학교 학생이 열대여섯 살의 중학교 학생과 맞붙어 싸우고 있었다.

"그만두라면 그만둬야지."

사범학교 학생의 어깨를 잡아 억지로 떼어놓으려는 순간, 누군가 밑에서 내 발을 걸었다. 나는 불시에 당한 기습이라 잡았던 어깨를 놓고 옆으로 쓰러졌다. 딱딱한 구둣발로 내 등에 올라탄 놈이 있었다. 양손과 무릎을 짚고 벌떡 일어났더니 올라탔던 놈이 오른쪽으로 굴러떨어졌다. 일어나서 보니 5미터쯤 떨어진 곳에 산미치광이의 커다란 몸이 학생들 사이에 끼여 밀리면서 소리를 지르고 있었다.

"싸움은 그만둬, 그만두라니까!"

"이봐, 도저히 안 되겠어."

내가 소리쳐보았으나 들리지 않는지 아무런 대답이 없다.

그 순간 휙 하고 바람을 가르며 날아온 돌이 느닷없이 내 광대뼈를 때렸나 싶었는데 동시에 뒤에서 누군가 몽둥이로 등을 후려갈겼다. "교사 주제에 나왔단 말이지, 때려, 때려!" 하는 소리가 들린다. "교사는 두 명이다. 큰 놈하고 작은 놈이다. 돌을 던져라" 하는 소리도 들린다.

"뭐, 누가 건방진 소리를 지껄이는 거야, 촌놈 주제에!"

나는 옆에 있던 사범학교 학생의 머리를 갈겨주었다. 돌이 다시 휙 하고 날아왔다. 이번에는 짧게 깎은 머리를 스치고 뒤쪽으로 날아갔다. 어떻게 된 일인지 산미치광이는 보이지 않았다. 이렇게 되면 어쩔 수 없다. 처음에는 싸움을 말리려고 들어왔지만 얻어맞고 돌까지 맞은 이상 얼간이처럼 놀라 도망갈 수는 없지. 내가 그런 얼간이로 보여? 날 뭘로 보는 거야. 몸집은 작아도 싸움의 본고장에서 수련을 쌓은 형님이야, 라고 생각하며 정신없이 후려갈기고 또 얻어맞기도 하고 있는데, 이윽고 "순사다, 순사다, 도망쳐라, 도망쳐라!" 하는 소리가 들렸다. 지금까지 갈분떡[12] 속에서 헤엄치는 것처럼 몸을 움직일 수 없었는데, 갑자기 편해졌나 싶었더니 적군도 아군도 한꺼번에 다 달아나버렸다. 촌놈이라도 퇴각은 교묘하다. 쿠로파트킨[13]보다 나은 정도다.

산미치광이는 어떻게 되었나 보니 가문(家紋)이 박힌 홑겹 하오리가 갈기갈기 찢긴 채 저만치에서 코를 훔치고 있다. 콧잔등을 얻어맞고 코피를 상당히 흘렸다고 한다. 코가 시뻘겋게 부어올라 무척 보기 흉했다. 나는 물감이 살짝 스친 것 같은 흐린 무늬의 안을 댄 하오리를 입고 있었기에 흙투성이가 되긴 했으나 산미치광이의 하오리처럼 찢기지는 않았다. 하지만 볼이 얼얼하여 견딜 수가 없었다.

"피가 꽤 나는걸."

산미치광이가 나에게 알려주었다.

순사 열대여섯 명이 출동했는데, 학생들은 반대편으로 퇴각했기 때문에 잡힌 사람은 나와 산미치광이뿐이었다. 우리는 이름을 밝히고 자초지종을 얘기했다. 그래도 일단 경찰서까지 가자고 하기에 경찰서로 가 경찰서장 앞에서 사건의 전말을 진술하고 하숙집으로 돌아왔다.

12 물에 갈분(葛粉)과 설탕을 넣고 끓여 살짝 굳혀 만든, 젤리 형태의 떡으로 꿀이나 콩가루 등을 묻혀 먹는다.
13 알렉세이 니콜라예비치 쿠로파트킨(Aleksei Nikolaevich Kuropatkin, 1848~1925). 러시아의 장군. 러일전쟁 당시 극동군총사령관으로 만주에서 일본군과 싸웠는데 펑톈(奉天) 전투에서 대패하여 퇴각했다.

11

이튿날 눈을 떠보니 온몸이 욱신거려 견딜 수가 없었다. 오랜만에 한 싸움이라 그럴 것이다. 이래서야 제대로 자랑도 할 수 없다. 이불 속에서 이런 생각을 하고 있는데 할머니가 《시코쿠 신문》을 가져와 머리맡에 놓고 나갔다. 사실은 신문을 보는 것도 귀찮고 힘들었지만, 사내대장부가 이만한 일로 녹초가 되어서야 되겠는가 하는 마음에 억지로 엎드려서 2면을 펼쳐보고 깜짝 놀랐다. 어제 일어난 싸움이 떡 하니 나와 있다. 싸움 기사가 실린 거야 놀랄 일이 아니지만, 중학교 교사인 홋타 모씨와 최근 도쿄에서 부임한 건방진 모씨가 선량한 학생들을 사주하여 이 소동을 일으켰을 뿐만 아니라, 두 사람은 현장에서 학생들을 지휘한 데다 사범학교 학생들에게 제멋대로 폭력을 행사했다고 쓰여 있었고, 그 뒤에 이런 의견이 덧붙어 있었다.

우리 현의 중학교는 옛날부터 선량하고 온순한 기풍으로 전국의 선망을 얻고 있는 학교였는데 경박한 두 명의 인간 때문에 우리 학교의 특권

이 훼손되었다. 이 불명예가 시 전체에 미치는 이상 우리는 분연히 일어나 그 책임을 묻지 않을 수 없다. 우리는 믿는다. 우리가 손을 쓰기 전에 당국은 이 무뢰한들에게 응분의 처분을 하여 두 번 다시 교육계에 발을 들여놓지 못하도록 하리라는 것을.

그리고 한 글자 한 글자에 모두 방점을 찍어 따끔한 맛을 보여주겠다는 의도를 드러냈다. 나는 이부자리 속에서 "똥이나 처먹어라" 하고 욕을 내뱉으며 벌떡 일어났다. 신기하게도 지금까지 온몸의 관절이 욱신거렸는데 일어나자마자 씻은 듯이 가뿐해졌다.

나는 신문을 둘둘 말아 마당에 내팽개쳤는데, 그래도 분이 풀리지 않아 일부러 변소까지 가져가 버리고 왔다. 신문이란 당치 않은 거짓말을 하는 물건이다. 세상에 신문처럼 허풍을 떠는 것도 없을 것이다. 내가 해야 할 말을 오히려 저쪽에서 늘어놓고 있다. 게다가 최근 도쿄에서 부임한 건방진 모씨라는 건 또 뭔가. 천하에 모씨라는 이름을 가진 사람이 어디 있단 말인가. 생각해보라. 이래 봬도 버젓이 성도 있고 이름도 있다. 족보를 보고 싶으면 다다노 만주 이래의 조상을 한 사람도 빠짐없이 뵙게 해주마. 세수를 했더니 갑자기 볼이 아팠다. 할머니에게 거울 좀 갖다달라고 하자 "오늘 아침 신문 보셨는가유우" 하고 묻는다. 보고 변소에 버렸는데 보고 싶으면 주워서 보라고 하자 놀라서 물러갔다. 얼굴을 거울에 비춰보니 어제의 상처가 그대로 남아 있다. 이래 봬도 소중한 얼굴이다. 얼굴에 상처까지 입은 데다 건방진 모씨라고 불리기까지 하는 건 질색이다.

오늘 신문 기사에 겁을 먹고 학교를 쉬었다는 소리를 듣는다면 일생의 불명예일 테니 나는 아침을 먹고 제일 먼저 출근했다. 출근하는 놈들마다 내 얼굴을 보고 웃는다. 뭐가 우습다는 거냐. 네놈들이 만들어준 얼굴도 아니고. 그러고 있는데 알랑쇠가 출근했다.

"이야! 어제는 큰 공을 세우셨던데…… 영광의 상처인가?"

알랑쇠는 송별회 때 얻어맞은 일을 보복할 생각인지 심하게 빈정거렸다.

"쓸데없는 말은 집어치우고 붓이나 핥고 있어."

"아, 이거 죄송하게 되었수다. 하지만 상당히 아프시겠는걸."

"아프든 말든 내 얼굴이야. 네놈 신세는 안 져."

이렇게 고함을 쳤더니 저쪽 자기 자리에 앉아 또 내 얼굴을 보며 옆자리의 역사 선생과 쑥덕거리며 웃고 있다.

그때 산미치광이가 등장했다. 산미치광이의 코는 보라색으로 퉁퉁 무어 있어 짜면 고름이 나올 것 같다. 자만심 탓이었는지 내 얼굴보다 훨씬 더 심한 상처를 입었다. 나와 산미치광이는 책상이 붙어 있어 나란히 앉아 있을 뿐만 아니라 친한 사이고, 게다가 운이 나쁘게도 그 책상이 출입문과 정면으로 마주보고 있다. 묘한 얼굴 둘이 한데 모여 있다. 다들 심심하면 꼭 이쪽만 쳐다본다. "엉뚱한 일로 봉변을……" 하고 말은 하지만 속으로는 분명히 바보 같은 놈들이라고 생각할 것이다. 그렇지 않고서야 저렇게 쑥덕거리며 키득키득 웃을 리가 없다. 교실에 들어가니 학생들이 박수로 맞이했다. "선생님 만세!" 하는 놈도 두세 명 있었다. 인기가 좋은 건지, 놀림을 당하는 건지 알 수가 없다. 나와 산미치광이가 이렇게 관심의 대상이 되고 있는 가운데 빨간 셔츠만은 평소와 다름없이 옆으로 다가와 반쯤 용서를 비는 투의 말을 늘어놓았다.

"정말 뜻밖의 봉변을 당했더군. 나는 선생들한테 미안해서 몸 둘 바를 모르겠네. 신문 기사는 교장 선생님과 상의해서 정정 보도를 해달라는 조치를 취해두었으니 걱정하지 않아도 되네. 내 동생이 홋타 선생을 데리러 가는 바람에 이런 일이 일어난 거니까 정말 미안하게 됐네. 그리고 이번 일에 대해서는 끝까지 힘을 나할 생각이니 아무쪼록 언짢게 생각하진 말게."

교장은 셋째 시간에 교장실에서 나와 다소 걱정하는 눈치를 보였다.

"신문에 난처한 기사가 실렸더군요. 일이 복잡해지지 않으면 좋을 텐데요."

나는 걱정 따위 하지 않는다. 학교에서 면직을 시킨다면 그 전에 내가 먼저 사표를 내면 그만이다. 하지만 나에게 잘못이 없는데 내가 먼저 물러난다면 허풍쟁이 신문사를 더욱더 우쭐하게 할 것이니 신문사로 하여금 기사를 정정하게 만들고 오기로라도 계속 근무하는 것이 온당하다고 생각했다. 집으로 돌아가는 길에 신문사에 담판을 하러 갈까 하는 생각도 했지만, 학교 측에서 정정 보도를 하도록 조치를 취했다고 해서 그만두었다.

나와 산미치광이는 적당한 때를 보아 교장과 교감에게 일단 사건의 진상을 숨기지 않고 설명했다.

"그렇겠지요. 신문사가 학교에 원한을 품고 일부러 그런 기사를 실었을 겁니다."

교장과 교감은 이런 판단을 내렸다. 빨간 셔츠는 교무실에 있는 선생들을 한 사람 한 사람 찾아다니며 우리의 행위를 해명했다. 특히 자신의 동생이 산미치광이를 데려간 일을 자신의 잘못인 것처럼 떠벌렸다. 선생들은 모두 '전적으로 신문사 잘못이다, 괘씸하다, 두 사람은 정말 봉변을 당한 거다'라는 식으로 말했다.

집으로 돌아가는 길에 산미치광이가 주의를 주었다.

"아무래도 빨간 셔츠가 수상해. 조심하지 않으면 당할 거야."

"어차피 수상한 놈이었으니까. 오늘 갑자기 수상해진 것도 아닐 거고."

"자네, 아직 눈치 못 챘나? 어제 일부러 우릴 불러내 싸움판에 몰아 넣은 것은 그자의 계략이야."

아하, 그런 거구나. 나는 거기까지 생각하지 못했다. 산미치광이는 욱하는 데는 있어도 감탄스러울 만큼 나보다 지혜로운 사내였다.

"그렇게 싸움을 붙여놓고 바로 신문사에 손을 써서 그런 기사를 쓰게 한 거라고. 정말 간사한 놈이야."

"신문 기사도 빨간 셔츠 짓이란 말인가? 그거 정말 놀랍군. 하지만 신문사가 빨간 셔츠의 말을 그리 쉽게 들어줄까?"

"안 들어줄 것 같나? 신문사에 친구가 있으면 문제없네."

"친구가 있는가?"

"없어도 문제없겠지. 거짓말로 실은 이러저러하다고 얘기하면 바로 쓰거든."

"너무 심한데. 정말 빨간 셔츠의 계략이라면, 우리는 이번 일로 면직될지도 모르겠군."

"자칫하면 그럴지도 모르지."

"그렇다면 나는 내일 당장 사표를 내고 바로 도쿄로 돌아가야지. 이런 돼먹지 못한 곳에는 붙잡아도 있지 않을 거야."

"자네가 사표를 낸다고 해도 빨간 셔츠는 곤란할 게 없네."

"그도 그렇겠군. 어떻게 하면 빨간 셔츠를 곤란하게 할 수 있을까?"

"그런 간사한 놈은 어떻게든 증거를 남기지 않으려고 머리를 쓰니까 반박하기가 어려워."

"골치 아프게 생겼는걸. 그렇다면 누명을 쓰게 된다는 말이지. 정말 우습지도 않군. 천도시야비야(天道是耶非耶)[1]인가."

"뭐, 2, 3일 더 상황을 지켜보세. 그래도 안 되면 그때는 온천 거리에서 덮치는 수밖에 없지."

"싸움으로 벌어진 일은 싸움으로 해결하자는 건가?"

"그렇지. 우리도 우리대로 그쪽의 급소를 노리는 거지."

"그거 좋겠군. 나는 책략에 서투르니까 자네한테 다 맡기겠네. 만일의 경우에는 뭐든 다 할 테니까."

나와 산미치광이는 이렇게 하고 헤어졌다. 산미치광이의 추측대로 정말 빨간 셔츠가 꾸민 일이라면 아주 지독한 놈이다. 도저히 지략으로 당해낼 수 있는 놈이 아니다. 아무래도 완력을 쓸 수밖에 없다. 역시 세상에 전쟁은 끊이지 않는다. 개인 간에도 결국에는 완력이다.

이튿날 신문이 오기를 기다렸다 펴보니 정정은 고사하고 취소 기사도 보이지 않는다. 학교에 가서 너구리에게 재촉하니 내일쯤에는 나올 것이란다. 다음 날이 되자 가장 작은 6호 활자로 조그맣게 취소 기사가 실렸다. 하지만 물론 신문사 측은 정정 기사를 싣지 않았다. 다시 교장에게 따지자 그 이상의 조치는 취할 수 없다고 했다. 교장은 너구리 같은 얼굴로 어울리지도 않는 프록코트를 입고 있지만 의외로 힘이 없다. 허위 기사를 실은 시골 신문사 하나 사과하도록 할 수 없는 것이다. 나는 몹시 부아가 치밀었다.

"그렇다면 저 혼자 가서 주필한테 따지겠습니다."

"그건 안 됩니다. 선생님이 가서 따지면 또 험담만 실릴 뿐입니다.

---

1 하늘의 도는 과연 옳은 것이냐 틀린 것이냐, 라는 뜻으로 사마천의 『사기』에 나오는 말.

다시 말해서 신문에 실린 기사가 거짓말이든 진짜든 결국 어쩔 도리가 없다는 거지요. 포기하는 수밖에 다른 도리가 없어요."

교장은 중이 설법하듯 나에게 타일렀다. 신문이 그런 거라면 하루속히 없애버리는 것이 우리에게 이로울 것이다. 신문에 실리는 것과 자라에게 물리는 것이 비슷한 일이라는 걸 오늘 이 자리에서 너구리의 설명을 듣고 알게 된 꼴이다.

그로부터 사흘쯤 지난 어느 날 오후, 산미치광이가 씩씩거리며 찾아왔다.

"드디어 때가 왔네. 나는 지난번에 세운 계획을 단행할 생각이네."

"그런가, 그럼 나도 하겠네."

나는 그 자리에서 합세하겠다고 했다. 그런데 산미치광이가 고개를 저으며 말했다.

"자넨, 그만두는 게 좋을 거네."

"어째서?"

"교장이 자네한테 사표를 내라고 하던가?"

"아니, 그런 일 없네. 자네는?"

내가 되물었다.

"오늘 교장실에서, 정말 미안하네만 어쩔 수 없는 사정이니 그만 결심해달라는 말을 들었네."

"그런 결정이 어디 있어. 너구리는 아마 배를 너무 두드려서 위의 위치가 뒤집어진 모양일세. 자네와 나는 함께 축하연에 가서 고치의 번쩍번쩍하는 칼춤도 보고, 함께 싸움을 말리러 가지 않았나? 사표를 내라고 하면 공평하게 우리 두 사람한테 다 내라고 해야지. 어째서 시골 학교는 그런 이치를 모른단 말인가? 정말 답답하군."

"그게 다 빨간 셔츠가 뒤에서 조종한 거라네. 나와 빨간 셔츠는 지금까지 해온 일로 봐서도 도저히 같이 있을 수 없는 사이지만, 자네 쪽은 지금처럼 두어도 아무런 해가 되지 않는다고 생각한 모양이야."

"내가 빨간 셔츠와 어떻게 같이 있을 수 있겠나? 해가 되지 않는다고 생각하다니, 건방진 놈 같으니라고."

"자네는 너무 단순하니까 그냥 두어도 어떻게든 속여먹을 수 있다고 생각한 거지."

"그럼 더 나쁘지. 누가 같이 있어줄 줄 알고?"

"게다가 지난번에 고가 선생님이 떠나고 나서 그 후임자가 사고 때문에 아직 도착하지 못했거든. 그런 상태에서 자네와 나를 한꺼번에 내쫓으면 학생들 시간표에 구멍이 나서 수업에 지장이 생기거든."

"그렇다면 당장 구멍이 나지 않도록 나를 땜빵으로 써보겠다는 심산이군. 빌어먹을, 누가 그 수에 놀아날 것 같아?"

이튿날 나는 학교에 가서 교장실로 들어가 담판을 시작했다.

"왜 저에게는 사표를 내라고 하지 않습니까?"

"네에?"

너구리는 어안이 벙벙한 모양이었다.

"홋타 선생한테는 내라고 하면서 저한테는 내지 않아도 좋다니, 그런 법이 어디 있습니까?"

"그건 학교 측의 사정으로……"

"그 사정이 틀렸다는 말입니다. 제가 내지 않아도 된다면 홋타 선생 역시 낼 필요가 없지 않습니까?"

"그 일에 대해서는 설명하기가 쉽지 않은데, 홋타 선생이 떠나는 거야 어쩔 수 없는 일이지만 선생님은 사표를 내야 할 필요가 없습니다."

역시 너구리다. 요령부득인 말만 늘어놓고, 게다가 무척 차분하기까지 하다.

"그렇다면 저도 사표를 내겠습니다. 홋타 선생 혼자만 사직하게 만들면 제가 편안하게 머물러 있을 거라 생각하시는지 모르겠습니다만, 저는 그런 몰인정한 짓은 할 수 없습니다."

어쩔 수 없어 나는 이렇게 말했다.

"그건 곤란합니다. 홋타 선생도 떠나고 선생님도 떠난다면, 학교의 수학 수업을 전혀 할 수 없게 되니까요……"

"수업을 할 수 없게 되는 거야 제가 알 바 아닙니다."

"선생님, 그렇게 멋대로 말하는 게 아닙니다. 조금이라도 학교 사정을 생각해주지 않으면 곤란합니다. 게다가 선생님이 온 지 한 달이 될까 말까 한데 사직했다고 하면, 선생님의 장래 이력에도 좋지 않으니, 그런 점도 좀 생각해보는 게 좋을 겁니다."

"이력 같은 거야 아무래도 좋습니다. 이력보다 의리가 더 중요합니다."

"그야 그렇겠지요…… 선생님이 하는 말은 다 지당하지만, 내가 하는 말도 좀 헤아려주었으면 합니다. 선생님이 꼭 사직하겠다면 그래도 좋겠지만, 후임자가 올 때까지 어떻게든 해주었으면 좋겠습니다. 아무튼 집에 가서 다시 한 번 생각해보시지요."

다시 한 번 생각해볼 것도 없는 명명백백한 이유가 있었지만, 너구리가 붉으락푸르락하는 게 불쌍하다는 생각이 들어 일단 다시 한 번 생각해보기로 하고 물러났다. 빨간 셔츠에게는 말도 걸지 않았다. 어차피 혼내줄 거라면 한데 모아서 실컷 혼내주는 것이 좋다.

산미치광이에게 너구리와 담판한 상황을 이야기해주었다.

"대충 그럴 거라고 짐작했네. 사표 건은 일단 그렇게 될 때까지는 가만히 있어도 지장이 없을 거네."

나는 산미치광이의 말대로 했다. 아무래도 산미치광이가 나보다는 영리한 것 같아 전적으로 산미치광이의 충고에 따르기로 했다.

산미치광이는 마침내 사표를 제출하고 교직원 전원에게 작별 인사를 한 후 선창가의 미나토야 여관까지 내려갔다. 그리고 아무도 모르게 돌아와 온천 거리에 있는 마스야 여관의 큰길 쪽 2층 방에 숨어 장지에 구멍을 뚫어놓고 내다보기 시작했다. 이 사실을 아는 사람은 나뿐일 것이다. 빨간 셔츠가 숨어든다면 어차피 밤일 것이다. 그것도 초저녁에는 학생이나 다른 사람들 눈도 있으니 적어도 9시는 지나서일 것이다. 처음 이틀 밤은 나도 11시경까지 망을 봤으나 빨간 셔츠의 그림자도 보이지 않았다. 사흘째는 9시부터 10시 30분까지 지켜보고 있었으나 역시 보이지 않았다. 헛물을 켜고 한밤중에 하숙집으로 돌아가는 것처럼 바보 같은 일도 없다. 4, 5일이 지나자 하숙집 할머니가 약간 걱정하기 시작했다.

"색시도 있는 사람이 그렇게 밤마다 놀러 댕기는 건 좋지 않것지유우."

그렇게 밤에 놀러 다니는 것과는 전혀 다른 일이다. 우리는 하늘을 대신해서 불의를 응징하기 위해 밤마을 나가는 것이다. 하지만 일주일이나 다녔는데도 전혀 징조가 보이지 않으면 싫증도 나는 법이다. 나는 성급한 성미라 열중하게 되면 밤을 새워서라도 일을 하지만, 그 대신에 무슨 일이든 진득하게 해본 적이 없다. 아무리 하늘을 대신해 불의를 응징하는 일이라도 싫증이 나는 것은 다르지 않았다. 여섯째 날에는 약간 싫증이 났고, 이레째는 이제 가지 말까 하는 생각까지 들었다. 하지만 산미치광이는 끄떡도 하지 않았다. 초저녁부터 12시가 지날 때까지 눈을 장지에 대고 가도야의 둥근 가스등이 비추는 입구를 노려보고 있다. 내가 가면 오늘은 손님이 몇 명 들었는데 숙박하는 손님이 몇 명, 여자가 몇 명, 하고 여러 가지 통계까지 알려주는 데는 놀랄 수밖에 없었다. "아무래도 오지 않을 것 같지 않아?" 하고 물으면 "아니, 틀림없이 오긴 할 텐데" 하며 가끔 팔짱을 끼고 한숨을 내쉰다. 불쌍하게도 만약 빨간 셔츠가 이곳에 한 번 와주지 않는다면 산미치광이는 평생 하늘을 대신해 불의를 응징할 수 없는 것이다.

여드레째 되는 날, 나는 저녁 7시쯤 하숙집을 나와 먼저 천천히 온천을 즐긴 후 거리에서 계란 여덟 개를 샀다. 이건 하숙집 할머니의 고구마 공세에 대응하는 방책이다. 계란을 네 개씩 양쪽 소매에 넣고, 늘 들고 다니는 빨간 수건을 어깨에 걸친 채 팔짱을 끼고 마스야의 계단을 올라가 산미치광이가 묵고 있는 방의 장지문을 열었다.

"이보게, 드디어 희망이 보이네, 보여."

산미치광이의 위태천 같은 얼굴에 갑자기 생기가 돌았다. 어젯밤까지만 해도 다소 울적해 보여 옆에서 보고 있는 나까지 침울한 기분이 들 정도였는데, 그 안색을 보니 갑자기 나까지 기분이 좋아져서 뭔지도 모르면서 "좋았어, 좋아" 하고 소리쳤다.

"오늘 7시 반쯤에 고스즈라는 게이샤가 가도야에 들어갔어."

"빨간 셔츠와 함께 말인가?"

"아니."

"그럼 소용없잖아."

"게이샤가 두 명이었는데…… 어쩐지 올 것 같아."

"어째서?

"어째서라니? 교활한 놈이라 게이샤를 먼저 보내놓고 나중에 숨어들지도 모르거든."

"그럴지도 모르겠군. 벌써 9시가 다 됐지?"

"지금 9시 20분이야."

산미치광이는 허리띠 사이에서 니켈로 만든 회중시계를 꺼내 보며 말을 이었다.

"이보게, 남폿불을 끄게. 장지문에 중대가리 두 개가 비치면 이상할 거야. 여우는 금방 의심할 테니까."

나는 옻칠을 한 책상 위에 놓여 있던 남폿불을 후우 하고 불어서 껐다. 별빛에 장지문만 살짝 환했다. 달은 아직 뜨지 않았다. 나와 산미치광이는 열심히 장지문에 얼굴을 대고 숨을 죽이고 있었다. 댕 하고 9시 30분을 알리는 괘종 소리가 울렸다.

"이봐, 올까? 오늘 밤에도 오지 않으면 그때는 나도 관두겠네."

"나는 돈이 떨어질 때까지 할 거네."

"돈은 얼마나 있나?"

"오늘까지 여드레 치 5엔 60전을 냈네. 언제든 나갈 수 있게 매일 밤 계산을 하고 있네."

"그거 참 준비성이 좋군. 여관에서 놀라고 있겠는걸."

"여관은 아무래도 상관없지만, 마음을 놓을 수가 없어 힘들다네."

"그 대신 낮잠은 자겠지?"

"낮잠을 자긴 하지만, 외출을 할 수가 없으니 갑갑해 죽겠네."

"하늘을 대신해서 불의를 응징하는 일도 무척 힘든 일이군그래. 하늘의 그물이 엉성하여 불의가 빠져나가기라도 한다면 어이없겠는 걸.[2]"

"무슨 소린가, 오늘 밤에는 반드시 올 거네…… 이보게 저길 좀 보게, 저기."

산미치광이가 목소리를 낮추는 바람에 나는 갑자기 가슴이 몹시 뛰었다. 까만 모자를 쓴 남자가 가도야의 가스등을 아래에서 올려다보고는 그대로 어둠 속으로 사라졌다. 아니었다. 아니, 이런. 그럭저럭하는 사이에 계산대의 괘종시계가 여지없이 10시를 알리는 종을 울렸다. 오늘 밤도 결국 틀린 모양이다.

세상이 꽤 조용해졌다. 유곽에서 울리는 북소리가 손에 잡힐 듯 들려온다. 달이 온천 거리의 산 너머로 불쑥 얼굴을 내민다. 거리가 환하다. 그때 아래쪽에서 인기척이 들려오기 시작했다. 창문 밖으로 얼굴을 내밀 수도 없으니 모습을 확인할 수는 없었지만, 점점 다가오는 모양이었다. 딸깍딸깍 고마게다 끄는 소리가 난다. 시선을 비스듬히 하자 간신히 두 사람의 그림자가 보일 정도로 다가왔다.

"이제 괜찮겠지요. 훼방꾼도 쫓아버렸으니까요."

바로 알랑쇠의 목소리다.

"강한 체만 하고 계획이 없으니 어쩔 수 없지."

이건 빨간 셔츠다.

"그 녀석도 바보 같은 놈과 닮았어요. 그 바보 같은 놈은 의협심 있는 도련님이라 귀염성은 있더라고요."

"월급을 올려준다는데도 싫다고 하질 않나, 사표를 내고 싶다는 걸

---

2 『노자』 73장에 나오는 "하늘의 그물이 엉성한 것 같지만 불의는 결코 빠져나갈 수 없다(天網恢恢疎無漏)"는 구절을 비튼 말.

보면 아무리 봐도 정신이 이상한 게 틀림없어."

　나는 창을 열고 2층에서 뛰어내려 실컷 패주고 싶었으나 가까스로 참았다. 두 사람은 하하하하 웃으며 가스등 아래를 지나 가도야로 들어갔다.

　"이보게."

　"이봐."

　"왔네."

　"드디어 왔어."

　"이제야 안심이 되는군."

　"알랑쇠, 이 개 같은 자식, 나를 의협심 있는 도련님이라고 지껄였것다."

　"훼방꾼이라면 내 얘기 아닌가. 무례하기 짝이 없군."

　나와 산미치광이는 두 놈이 돌아가는 길에 숨어 있다가 공격해야 한다. 하지만 두 사람이 언제 나올지 짐작할 수가 없다. 산미치광이는 아래층으로 가서 오늘 밤에 어쩌면 볼일이 생겨서 나가게 될지도 모르니 언제든 나갈 수 있게 해두라고 부탁하고 왔다. 지금 생각하면, 여관 사람이 용케 승낙해주었다. 보통이라면 도둑으로 오해받을 수도 있다.

　빨간 셔츠가 여관에 오기만을 기다리는 일도 힘들었지만, 나오는 것을 가만히 기다리고 있는 것은 더욱 힘들었다. 잘 수도 없는 노릇이고, 시종 장지문 틈으로 내다보고 있는 것도 힘들었다. 이래저래 마음이 안정되지 않았다. 이렇게 고생해본 것은 난생처음이었다. 차라리 가도야로 쳐들어가 현장을 덮치자고 했으나 산미치광이는 일언지하에 내 제안을 거절했다.

"우리가 이런 시간에 뛰어들면 불량배로 몰려 도중에 저지당할 거네. 사정을 말하고 면회를 청한다고 해도 그런 사람 없다고 발뺌하거나 다른 방으로 안내할 수도 있지. 주의가 허술할 때 들어간다고 해도 방이 수십 개나 되는데 어디에 있는지 어떻게 알겠나. 지루해도 나오는 걸 기다리는 수밖에 달리 방도가 없네."

그래서 가까스로 새벽 5시까지 버텼다.

가도야에서 나오는 두 사람의 그림자를 보자마자 나와 산미치광이는 바로 뒤를 밟았다. 첫 기차가 오려면 아직 멀었으니 두 사람은 성 안까지 걸어가지 않으면 안 된다. 온천 거리를 벗어나면 1백 미터쯤 삼나무 가로수가 늘어서 있고 그 양 옆은 논이다. 그곳을 지나면 드문드문 초가집이 있고, 밭 한가운데를 가로지르는 둑길은 성안까지 이어진다. 온천 거리만 벗어나면 어디서 따라잡아도 상관없지만, 되도록 인가가 없는 삼나무 가로수 길에서 붙잡으려고 숨바꼭질하듯 뒤따라갔다. 온천 거리를 벗어나자마자 질풍같이 뛰어가 뒤에서 따라붙었다. 누가 오나 싶어 놀라 돌아보는 놈을 "거기 서!" 하며 어깨를 잡았다. 당황하여 달아나려는 알랑쇠를 내가 막아섰다.

"교감이라는 직책을 맡고 있는 자가 어째서 가도야에 묵은 거지?"

산미치광이는 바로 족치기 시작했다.

"교감이 가도야에 묵으면 안 된다는 규칙이라도 있습니까?"

빨간 셔츠는 여전히 정중한 말투를 쓰고 있다. 안색은 다소 창백하다.

"학생들 단속에 방해가 되니까 메밀국숫집이나 경단 가게도 못 들어가게 할 정도로 조심성 많고 성실하신 분이 어째서 게이샤와 함께 여관에 묵으시는지?"

알랑쇠가 틈을 노려 달아나려고 했기에 나는 바로 앞을 가로막았다.

"바보 같은 도련님이라는 건 뭐냐!"

내가 호통을 쳤다.

"아니, 선생님을 두고 한 말이 아니었습니다. 정말입니다."

철면피답게 변명 같은 말을 늘어놓았다. 그제야 깨닫고 보니 나는 두 손으로 소맷자락을 움켜쥐고 있었다. 뒤쫓아올 때 소맷자락 속의 계란이 흔들릴까 봐 두 손으로 꼭 움켜쥐고 온 것이다. 나는 소매 안에 손을 넣어 계란 두 개를 꺼내 얏 하며 알랑쇠의 면상에 내던졌다. 계란이 퍽 깨지며 알랑쇠의 콧등에서 노른자가 아래로 줄줄 흘러내렸다. 알랑쇠는 어지간히 놀란 모양인지 으악 하고 엉덩방아를 찧으며 살려달라고 애원했다. 나는 계란을 먹으려고 샀지 내던지려고 소매 안에 넣어 온 게 아니었다. 단지 홧김에 나도 모르게 그만 던져버린 것이다. 하지만 알랑쇠가 엉덩방아를 찧는 것을 보고서야 비로소 내가 한 행동이 성공한 것을 알았다.

"에라 이 개 같은 놈, 이 개 같은 놈."

그래서 나는 이렇게 욕을 퍼부어대면서 나머지 여섯 개를 닥치는 대로 내던졌더니 알랑쇠의 얼굴이 온통 노랗게 되었다.

내가 계란을 던지는 동안 산미치광이와 빨간 셔츠는 아직도 한창 말씨름을 하고 있었다.

"내가 게이샤를 데리고 여관에 묵었다는 증거가 있습니까?"

"저녁에 네놈이 단골로 가는 집 게이샤가 가도야에 들어가는 걸 보고 하는 소리야. 어디서 속이려고 들어."

"속일 필요가 없어요. 나는 요시카와 선생과 둘이서 묵었으니까. 저녁 때 게이샤가 들어갔든 어쨌든 그건 내 알 바 아니고."

"닥쳐!"

산미치광이가 주먹을 날렸다. 빨간 셔츠는 휘청거렸다.

"이 무슨 난폭한 짓인가, 이런 행패를 부리다니! 시비를 가리지 않고 완력에 호소하는 건 몰상식한 행동이네."

"몰상식 좋아하네."

다시 퍽 하고 주먹을 날렸다.

"너같이 간사한 놈은 맞지 않으면 털어놓지 않지."

이렇게 말하며 연신 주먹을 날렸다. 나도 동시에 알랑쇠를 흠씬 패주었다. 나중에는 두 사람 다 삼나무 밑동에 웅크리고 앉아 있었다. 몸을 가눌 수가 없는 건지, 눈앞이 어질어질해서인지 달아날 생각조차 하지 않았다.

"이제 충분한가? 모자라면 더 갈겨주지."

이렇게 들이서 흠씬 두들겨주었다.

"이제 충분하네."

빨간 셔츠가 대답했다.

"네놈도 충분하냐?"

"물론 충분하네."

알랑쇠도 대답했다.

"네놈들은 간사한 놈들이라 이렇게 하늘을 대신해 우리가 응징을 하는 거다. 이번 일을 계기로 앞으로는 조심하는 게 좋아. 아무리 교묘한 말로 변명한다 해도 정의는 용서하지 않으니까."

산미치광이가 이렇게 말하자 두 사람은 잠자코 있었다. 어쩌면 입을 여는 것조차 힘들었는지도 모른다.

"나는 도망가지도 숨지도 않을 것이다. 오늘 저녁 5시까지는 선창가 미나토야에 있을 테니까 볼일이 있으면 순사든 누구든 보내라."

산미치광이가 이렇게 말하기에 나도 말했다.

"나 역시 도망가거나 숨지 않을 거다. 홋타 선생과 같은 곳에서 기다리고 있을 테니 경찰에 신고하고 싶으면 마음대로 해라."

이렇게 말하고 둘이서 총총걸음으로 걷기 시작했다.

내가 하숙집에 돌아온 것은 7시 조금 전이었다. 방으로 들어가 곧 짐을 꾸리기 시작하자 할머니가 놀란 듯 물었다.

"무슨 일이래유우?"

"할머니, 도쿄에 가서 마누라를 데려오려고요."

이렇게 대답하고 하숙비를 치른 뒤 곧바로 기차를 타고 선창가로 가서 미나토야에 당도하니 산미치광이는 2층에서 자고 있었다. 나는 바로 사표를 쓰려고 생각했지만, 어떻게 써야 할지 몰라 다음과 같이 적어 교장에게 우송했다.

저는 사정이 있어 사직하고 도쿄로 돌아가고자 하오니 그리 아시기 바랍니다. 이상.

기선은 저녁 6시에 출항한다. 산미치광이도 나도 피곤했기에 쿨쿨 늘어지게 자고 눈을 떠보니 오후 2시였다. 하녀에게 순사가 왔느냐고 물어보니 오지 않았다고 한다.

"빨간 셔츠도 알랑쇠도 신고하지 않았군."

둘이서 한바탕 크게 웃었다.

그날 밤 나와 산미치광이는 이 부정(不淨)한 고장을 떠났다. 배가 선창가에서 멀어지면 멀어질수록 기분이 좋아졌다. 고베에서 도쿄까지는 직행으로 갔는데, 신바시에 도착했을 때는 비로소 바깥세상에 나온 듯한 기분이 들었다. 산미치광이와는 바로 헤어져 오늘까지 만나지 못했다.

기요에 대해 이야기하는 것을 잊고 있었다. 나는 도쿄에 도착하여 하숙집도 정하지 않고 가방을 든 채 기요에게 달려갔다.

"기요, 돌아왔어."

"어머, 도련님. 잘 오셨어요. 빨리 돌아와주셨군요."

기요는 뚝뚝 눈물을 흘렸다.

"이제 시골에는 안 가. 도쿄에서 기요하고 함께 살 거야."

나도 무척 기뻐 이렇게 말했다.

그 후 어떤 사람의 주선으로 도쿄시가철도주식회사의 기수(技手)[3]가 되었다. 월급은 25엔이고, 집세는 6엔이다. 현관이 딸린 집은 아니었지만 기요는 매우 만족해하는 모습이었다. 하지만 가엾게도 기요는 올 2월 폐렴으로 죽고 말았다. 죽기 전날, 기요는 나를 불러 말했다.

"도련님, 제가 죽거든 제발 도련님네 묘가 있는 절에 묻어주세요. 무덤 속에서 도련님이 오시는 걸 기다리고 있겠어요."

그래서 기요는 지금 고비나타의 요겐지라는 절에 있다.

---

3 기사(技師) 밑에서 기술 관계 일을 하는 자.

세상의 바깥에서 지켜보는 관대함

백가흠(소설가)

 나쓰메 소세키가 『도련님』을 쓴 것은 1906년의 일이다. 단편이나 소품을 빼면 『나는 고양이로소이다』(1905~1906) 이후 본격적으로 창작의 열망을 담아 쓴 두 번째 장편이다. 12년이라는 짧은 기간 창작활동을 한 그가 일본 근대 문학에서 국민작가라는 칭호를 받은 데에는 여러 이유가 있을 것이다.

 소설이 서구 문명의 발달과 체제의 변화 그리고 서구 철학을 실증하는 장르라는 데 이견이 없다면 동양의 소설은 모두 18세기 후반 이후에 시도된 생소하기 짝이 없는 장르임이 분명하다. 우리의 경우만 보아도 소설이라는 장르 개념이 정확히 적용된 시점은 이광수가 첫 소설(『무정』, 1917)을 발표하고 10년도 더 지난 1930년대 이후의 일이다. 반면 나쓰메 소세키의 경우는 마치 처음이 아닌 것처럼 소설의 일반적인 형식에 능숙하다. 캐릭터라든지, 작가의 주제의식, 문장의 개성 등이 현대의 어느 소설과 비교해도 뒤지지 않는다. 일본인들이 문학적 자존감을 갖지 않을 수 없는 대목일 것이다.

중국의 루쉰이나, 우리의 이광수가 선각자로서 민초들에게 설법을 전하는 후기 봉건적인 사고에서 비롯된 일종의 계몽류 소설로 시작했다면, 나쓰메 소세키는 이미 봉건주의를 넘어 산업사회에 기반을 두고 사실주의를 구현한 찰스 디킨스의 선험적인 시선을 장착한 듯하다. 물론 일본이 중국이나 한국보다 먼저 서구에 문호를 개방한 환경은 차치하고라도, 도쿄제국대학 영문학부를 졸업하고 1900년, 일본 문부성에서 최초로 선발한 유학생 자격으로 영국에서 본격적인 영문학 공부를 한 나쓰메 소세키의 개인적인 이력을 놓고 보면 이해가 안 되는 것도 아니다. 말하자면 그는 영국과 독일 등 유럽 한복판에서 20세기 데카당스의 출몰을 경험하고, 순전히 서양인의 사고틀에서 소설의 개념을 받아들인 셈이다. 그의 소설에 어떤 인위적인 한계가 느러나지 않는 이유는 그 때문일 것이다.

『도련님』은 그런 의미에서 유학 후에 본격적으로 소설을 쓰기 시작한 나쓰메 소세키의 첫 소설로 보아도 무방하다. 『나는 고양이로소이다』가 어떤 문학적 호기심의 시도로 출발한 것이라면 『도련님』은 근대 작가들이 매달렸던 '체험적 소재를 통한 사실주의의 실현'이 녹아든 동양의 첫 작품으로 볼 수 있기 때문이다. 『도련님』은 나쓰메 소세키가 대학을 졸업하고 도쿄고등사범학교 교사를 거쳐 심한 신경쇠약 증세 때문에 시코쿠에 있는 마쓰야마 중학교로 전근해서 겪은 경험을 토대로 쓴 소설이다. 자신의 경험을 토대로 한 이 작품에서 소세키는 절대적인 선과 미에 대한 사회적인 기준을 제시하고 있는데, 특기할 만한 점은 도련님이라는 아주 뚜렷하고 일관적인 캐릭터다. 이는 이 소설이 궁극적으로 어떤 지점을 포획할 것인가 하는 중요한 문제이기도 하다. 우리에게 '도련님'은 누구인가, 하는 질문은 지금도 나쓰메 소세키의 소설이 여전히 이 시대에 유효한 고전인 이유이기 때문이다.

중국 작가 위화의 소설 중에 『인생』이라는 작품이 있다. 장이머우 감독이 원작 소설을 바탕으로 만든 영화는 칸영화제에서 심사위원 대상을 받기도 했다. 영화 〈인생〉과 소설 『인생』은 말하고자 하는 바가 좀 다른데, 소설이 인간의 보편적 삶과 죽음을 운명이라는 자연적인 섭리에 초점을 맞추어 그려냈다면, 영화는 개인의 삶과 죽음을 중국의 근현대사 안에서 시대성과 역사성을 통해 조명하고 있다.

위화의 소설 『인생』은 부귀라는 인물의 인생을 통해 전개된다. 이미 노인이 된 부귀가 자신이 살아온 인생을 그저 덤덤하게 소회한다. 부유한 집안의 외동이었던 부귀는 도박으로 하룻밤 만에 전 재산을 잃고, 초가집에 사는 농사꾼 신세로 전락한다. 손에 흙을 묻혀본 적도 없는 부귀는 어떻게 삶을 꾸려야 하는지 아무것도 알지 못한다. 얼떨결에 전쟁터에 나가기도 하고, 우여곡절 끝에 돌아와 보니 딸은 귀머거리에 벙어리가 되어 있고, 아내는 불치병에 걸려 있다. 아들은 수혈을 하다 피를 너무 많이 뽑아 어이없게 죽음을 맞고, 한쪽으로 머리가 기울어진 사람에게 시집갔던 벙어리 딸은 출산을 하다 비극적 죽음을 맞는다. 삶은 불행과 고통으로 점철돼 있다. 설상가상 아내도 병으로 죽고, 사위도 사고로 죽는다. 외손자마저 콩을 너무 많이 먹어 허망하게 죽는다. 부귀는 그저 사랑하는 가족들이 죽어가는 것을 지켜볼 뿐이다. 그는 아무것도 할 수 없으며 삶의 운명론적인 불행을 막을 방법이 없다. 그는 그저 지켜볼 뿐이다. 자신의 불행을 바라볼 뿐이다.

부잣집 도련님이었던 부귀는 세상에 대한 긍정과 관대함 말고는 아무것도 가진 것이 없다. 그저 운명 안에 던져진 자신의 인생을 받아들일 뿐이다. 그는 사랑하는 가족들의 죽음과 시대적 비극 안에서 겪게 된 고난과 역경에 대해 관조적 태도를 취한다. 이는 개인의 의지대로 삶의 방향을 잡을 수 없으며, 불행과 고통마저도 순응할 수밖에 없는 자연의 섭리라는 지극히 운명론적 인생관이다. 역사와 시대는 거대한 파도가 되어 밀려오지만, 우리의 도령들은 댕기머리를 만지작거릴 뿐이다. 자기를 삼키는 시대의 바다, 불행의 파도가 운명이라면 그저 받아들일 수밖에 없다고 말하는 순응의 인생이다. 왜냐하면 정체성이라는 것이 확립되기까지 그들은 아무것도 부족한 것을 몰랐기 때문이다. 남에게 줄 줄만 알았지, 무엇인가를 구할 줄도, 사는 데 뭐가 필요한지도 알지 못했기 때문이다. 그러므로 도련님이라는 정체성은 인생에서 무엇이 부족하고 무엇을 채워야 하는지 모르는, 그렇기 때문에 있는 그대로를 순응할 수밖에 없는 존재에서 비롯된다.

현실에서 삶의 부족한 것을 모두 채운다는 것은 불가능한 일이며, 그저 욕망이라는 이름으로나 남게 될 뿐이다. 반면 도련님은 이러한 욕망에서 자유롭다. 부족한 것을 모르기에 갖고 싶은 것도 없고, 싸울 일도 없기 때문이다. 도련님은 인간이 만들어낸 욕심과 욕망의 집, 그 문밖에서 그저 지켜볼 뿐이다. 세상 안에 존재하나 세상 바깥에 서 있는 것이다. 문제는 도련님이라는 정체성을 얻게 해준 환경은 과거일 뿐, 도련님은 현실에 산다는 것이고, 인생은 쉬지 않고 흘러 시간이 되면 모든 것이 함몰된다는 것이다. 나쓰메 소세키의 『도련님』은 순응과 관대함 위에 '정직함'이라는 무게를 더한다.

현실에서 도련님은 세 개의 자아로 존재한다. 과거의 부유한 시간을 사는 도련님과 지식과 지혜로 사는 이상의 도련님 그리고 현실의 마음이 가난한 도련님. 이 세 개의 도련님이 하나의 '나'를 만든다. 달리 얘기하면 도련님은 다른 시간을 동시에 사는 것이기도 하다. 시간의 연속성은 도련님을 현실로 끌어내지만 과거나 이상과의 완전한 결별을 의미하는 것은 아니다. 과거의 시간과 이상의 시간은 현실을 설득하고 순응하게 만들기 때문이다. 욕망의 상대적 입장에서 도련님의 현실은 불행이라는 이름으로 불리며, 실패한 인생으로 묘사되곤 한다. 특히 경제적인 부가 성공한 인생의 정답처럼 여겨지는 자본주의 사회에서는 더욱 그렇다. 상대적 박탈감에서 발현된 욕망의 전차는 도련님의 인생을 조롱하기 마련이지만, 도련님의 과거 부유한 시간은 그러한 현실을 무력화시킨다. 돈이라는 것은 삶에 있어 다른 가치 있는 것들, 예를 들면 윤리나 도덕, 체면 같은 것들에 비하면 하잘것없다는 것을 도련님들은 이미 알고 있기 때문이다. 돈이 있으면 좋으나 전부는 아니라는 정체성이 도련님의 현실을 지배하는데, 부가 절대적인 선이나 미의 기준이 될 수 없다는 것을 과거의 시간이 증명하고 있기 때문이다.

세상의 바깥에 서 있는 도련님에게 가장 중요한 가치관은 세상에서 가장 중요한 것이 아닌 것이다. 도련님에게 이제는 쓸모없어진 체면이나 솔직함이 가치 판단의 핵심적인 잣대이다. 도련님은 왜 뒷짐을 진 채 세상의 바깥에 서 있는가. 여기의 세상이 이미 출세와 부, 허위와 위선을 동력 삼아 구동되고 있는 거대한 시스템이라면 설명은 가능해진다. 이제 세계에서 쓸모없어진 것으로 절대적인 선을 구축하고자 하는 것, 아니 그런 것이 필요한 게 아닌가 하는 물음이 소설 『도련님』이 던지는 가장 중요한 물음인 것이다.

도련님은 도무지 이 세계의 안이 이해되지 않는 게 아니라 그저 솔직하고 정직한 눈으로 세계를 지켜보고 있을 뿐이다. 안에 있으나 바깥에서 안을 보고 있는 자의 모습인 것이다. 『도련님』에 등장하는 '나'는 세상과 사람들에게 그저 불평과 불만이 가득한 사람으로 비치지만, 이는 위선과 허위를 똑바로 바라보는 직시의 풍자이다. 이는 현대소설에서 널리 통용되는 아이러니의 기법으로 읽혀지기도 하는데, 이를 테면 '나'가 타인에 대한 감정이나 상황을 억제하고 배제하며 일정한 거리를 끊임없이 유지함으로써 괴리감을 불러오는 것을 말한다.

어머니가 병으로 돌아가시기 2, 3일 전, 부엌에서 공중제비를 넘다가 그만 부뚜막 모서리에 갈비뼈를 부딪쳤는데 무척 아팠다. 어머니가 무척 화를 내며 이렇게 말했다.

"너 같은 놈은 이제 꼴도 보기 싫다."

그래서 친척집에 가 있었다. 그런데 어머니가 돌아가셨다는 연락이 왔다. 그렇게 빨리 돌아가실 줄은 몰랐다.

그렇게 중병이었다면 좀 더 얌전하게 굴 걸 그랬다는 생각을 하며 돌아왔다. 그랬더니 형이 나를 보고 불효자라고, 나 때문에 어머니가 빨리 돌아가신 거라고 했다. 나는 분해서 형의 따귀를 때렸다가 심한 꾸중을 들었다.

어머니가 돌아가신 뒤로는 아버지, 형, 나 이렇게 셋이서 살았다. 아버지는 아무 일도 하지 않는 사내로, 내 얼굴만 보면 "네놈은 틀려먹었어! 네놈은 틀려먹었어!"라고 입버릇처럼 말했다. 뭐가 틀려먹었다는 것인지 아직도 모르겠다. 이상한 아버지도 다 있다. (18쪽)

소설 도입부에 등장하는 가족에 대한 묘사는 특히 압권인데―"부모에게서 물려받은 앞뒤 가리지 않는 성격 때문에 어렸을 때부터 나는 손해만 **봐왔다**"(소설의 첫 문장은 주제의식을 품고 있을 뿐만 아니라 '나'에 대한 소개와 시점과 배경까지 포함된 완벽한 문장이다)—인물들의 감정을 억제한 채 기술되는 사실적인 상황묘사와 '나'의 객관적인 태도는 이 소설의 전개 과정에서 가장 두드러진 특징일 뿐 아니라 '나'라는 도련님을 이해시키는 중요한 도구이다.

'나'는 어떤 인물이나—심지어 가족까지도—사건이나 상황에 대해 아주 일정한 거리를 가지고 있으며 이는 성격으로 형상화되는데, 이 거리감이 도련님과 세계와의 불화를 재는 기준이며, 절대적인 선과 미가 형성되는 지점인 것이다. 도련님이 세상에 품은 관대함은 세상으로부터 조롱이나 비아냥거림으로 돌아오곤 하는데 관대함과 순응이 도련님에게 곧이 돌아오는 경우는 오직 하나뿐이다. 바로 기요라는 할머니를 통해 선과 미가 형성되는 지점이며 그녀로부터 세상과 불화의 거리가 나온다. 기요는 '나'를 키운 또 하나의 어머니, 혹은 유모로 설정되어 있는데, 윤리나 도덕이 훼손되지 않은 채 세상의 바깥에서 세상을 직시하며 불화하는 도련님이 유일하게 정당함을 부여하는 자이기도 하다.

기요는 꼭 아버지나 형이 집에 없을 때만 나에게 뭔가를 주었다. 내가 가장 싫어하는 것은, 사람들 눈을 속여가며 나만 덕을 보는 일이다. 물론 형과는 사이가 좋지 않았지만 형 몰래 기요가 주는 과자나 색연필을 받고 싶지는 않았다. (20쪽)

도련님이 기요에게 어떤 절대적인 선과 미를 의지하는 것은 당연하다. '나'가 확신하는 것은 오직 자신이 본 것과 느낀 것뿐이므로 누군가는 세상이 거꾸로 굴러가고 있음을, 도련님이 보고 느끼는 현실이 온당한 실체임을 객관적으로 확인할 수 있는 전능자가 필요한 것이다. 아니, 그 존재 자체가 어쩌면 아무 짝에도 쓸모없어진 윤리와 도덕을 행할 수 있는 능력을 부여하는 신의 모습인지도 모를 일이다. 절대적 선 앞에서 윤리나 도덕이 이루어지지 않았을 때의 솔직한 도련님의 감정은 도련님이 진정으로 원하고 행하고자 하는 현실이 어떤 모습인지 짐작케 해준다. 신도 때때로 연민을 느껴 마음이 가난한 현실의 도련님을 편애할 수 있지 않은가. 부족한 것을 채우고 싶은 욕심과 끊임없이 갖고 싶은 욕망으로부터 자유로운 존재에 대해 신이 연민을 갖는 것이 이상하게 보이지 않는다. 도련님은 그것마저도 객관적인 거리를 둔다. '나'가 보여주는 일관된 태도와 사람에 대한 일정한 거리감은 세상과의 불화를 보여줄 뿐만 아니라, 세계를 창조한 신과, 인간들에게 부여한 윤리와 예의에 순응하는 것에 대해 다르게 얘기하는 것이다.

도련님은 외롭다. 정직하기 때문에, 솔직하기 때문에, 관대하기 때문에, 순응하기 때문에 외롭다. 지금의 세상은 정직하면 손해 보는 곳이고, 솔직하면 비난받는 곳이고, 관대하면 무시당하는 곳이고, 순응하면 빼앗기는 곳이다. 도련님은 세상에서 손해 보고, 비난받고, 무시당하고, 빼앗기면서도 관대하다. 이는 전혀 인간을 신뢰하지 않는 것의 다른 마음이다. 인간을 윤리나 도덕, 예의 안에서 믿지 않기 때문이다. 허나 이는 슬픈 일이면서도 망가진 세상에서 꼭 필요한 것이기도 하다. 반대로 말하는 것, 그것이야말로 재미와 유희라는 문학이 가진 최고 효용이 아니던가. 이미 한 세기도 전에 나쓰메 소세키는 그만의 방식으로 그것을 실현하지 않았던가. 여전히 그의 소설 『도련님』

이 유효한 까닭은 백 년이 넘게 지났어도 그 방식이 촌스럽지 않다는 것, 세상은 변하고 변했지만, 그 안의 인간의 본성은 바뀌지 않았다는 것이다. 도련님의 천성도 바뀌지 않았음은 물론이다.

나쓰메 소세키 연보

1867년 0세

2월 9일(음력 1월 5일) 현재의 도쿄 신주쿠(구 에도(江戸) 우시고메바바시
타(牛込馬場下))에서 출생. 나쓰메 나오카쓰(夏目直克)와 후처 나쓰
메 지에(夏目千枝) 사이에서 5남 3녀 중 막내로 태어남. 본명은 나
쓰메 긴노스케(夏目金之助). 태어나자마자 요쓰야(四谷)의 만물상에
양자로 보내졌다가 곧 돌아옴.

1868년 1세

11월, 요쓰야의 시오바라 쇼노스케(鹽原昌之助)와 시오바라 야스(鹽原
やす) 부부에게 다시 입양됨.

1870년 3세

천연두에 걸려 얼굴에 흉터가 약간 생김. 흉터는 평생 고민거리가 됨.

1872년 5세

시오바라가의 장남으로 호적에 오름.

1874년 7세

4월, 양부모의 불화로 양모와 함께 잠시 친가로 감.

11월, 아사쿠사(淺草)의 도다 소학교에 입학.

1876년 9세

양아버지가 아사쿠사의 동장에서 면직되어, 소세키는 시오바라가에
적을 둔 채 생가로 돌아옴.

5월, 이치가야(市ヶ谷) 소학교로 전학.

1878년 11세

2월, 친구들과 만든 잡지에 「마사시게론(正成論)」을 발표.

4월, 이치가야 소학교 졸업. 긴카(錦華) 학교 소학심상과(小學尋常科)
　로 전학하고 11월에 졸업.

1879년 12세

3월, 간다(神田)의 도쿄 부립 제1중학교에 입학.

1881년 14세

1월 21일, 생모 나쓰메 지에 사망.

봄에 도쿄 부립 제1중학교 중퇴.

4월경, 한학을 전문으로 가르치는 니쇼(二松) 학사로 전학.

1882년 15세

봄에 니쇼 학사 중퇴.

1883년 16세

봄에 도쿄 대학 예비문(현재의 도쿄 대학 전신 중 하나) 시험 준비를 위해 세이리쓰(成立) 학사에 입학.

1884년 17세

9월, 도쿄 대학 예비문 예과에 입학. 입학 직후 맹장염을 앓음.

1885년 18세

9월, 도쿄 대학 예비문 예과 3급으로 진급.

1886년 19세

7월, 복막염 때문에 학년 말 시험을 치르지 못하고 낙제.
9월, 에토(江東) 의숙 교사가 되어 의숙 기숙사에서 제1고등중학교(도 쿄 대학 예비문의 후신)에 다님.

1887년 20세

3월에 맏형이, 6월에 둘째 형이 폐결핵으로 사망.
9월, 제1고등중학교 예과에 진급. 이 시기에 과민성 결막염을 앓음.

1888년 21세

1월, 성을 시오바라에서 나쓰메로 복적.

9월, 제1고등중학교 본과에 진학해서 영문학을 전공.

1889년 22세
1월부터 마사오카 시키(正岡子規)와 친해짐.

5월, 시키의 한시 문집인 『나나쿠사슈(七草集)』에 대해 한문으로 평을 씀. 9편의 칠언절구를 덧붙이면서 처음으로 '소세키'라는 호를 사용.

9월, 한문체의 기행문집 『보쿠세쓰로쿠(木屑錄)』 탈고.

1890년 23세
7월, 제1고등중학교 본과 졸업.

9월, 도쿄제국대학 영문학과 입학. 문부성 대비생(貸費生)이 됨.

1891년 24세
7월, 문부성 특대생이 됨. 셋째 형의 부인 도세(登世)가 입덧 때문에 죽자 큰 충격을 받음. 딕슨 교수의 부탁으로 『호조키(方丈記)』를 영역.

1892년 25세
4월 5일, 병역을 피할 목적으로 친가로부터 분가하여 본적을 홋카이도(北海道)로 옮김.

5월, 도쿄 전문학교(현재의 와세다 대학)의 강사가 됨.

8월, 마사오카 시키가 그의 고향인 시코쿠(四國) 마쓰야마(松山)에서 요양 중일 때 방문하여 다카하마 교시(高浜虛子)를 처음 만남.

1893년 26세

7월, 도쿄제국대학을 졸업하고 대학원에 진학.

10월, 도쿄 고등사범학교의 영어 촉탁 교사가 됨.

1894년 27세

12월 말~1895년 1월, 폐결핵에 걸려 가마쿠라(鎌倉)의 엔카쿠지(圓覺寺)에서 참선을 하며 치료에 임함. 일본인이 영문학을 한다는 것에 위화감을 느끼며 이즈음 신경쇠약 증세가 심해짐.

1895년 28세

4월, 시코쿠 에히메(愛媛) 현에 있는 보통중학교에 부임(월급 80엔).

8월~10월, 시키가 마쓰야마로 돌아와 소세키의 하숙집에서 함께 생활. 하이쿠에 열중하며 많은 가작(佳作)을 남김. 이곳에서의 경험은 『도련님(坊っちゃん)』의 소재가 됨.

12월, 귀족원 서기관장(현재의 참의원 사무총장) 나카네 시게카즈(中根重一)의 장녀 나카네 교코(中根鏡子)와 맞선을 보고 약혼.

1896년 29세

4월, 구마모토(熊本)의 제5고등학교 강사로 부임(월급 100엔).

6월 9일, 나카네 교코와 결혼. 구마모토에서 신혼 생활을 시작.

7월, 제5고등학교의 교수가 됨.

1897년 30세

4월, 교사를 그만두고 문학에 전념하고 싶다는 뜻을 시키에게 편지로 알림.

6월 29일, 아버지 나쓰메 나오카쓰 사망.

7월, 교코와 함께 도쿄로 감. 구마모토에서 도쿄까지의 장거리 여행이 원인이 되어 교코가 유산.

12월, 오아마(小天) 온천을 여행하며 『풀베개(草枕)』의 소재를 얻음.

1898년 31세

6월, 제5고등학교 학생으로 문하생이 된 데라다 도라히코(寺田寅彦) 등에게 하이쿠를 지도. 도라히코는 『나는 고양이로소이다(吾輩は猫である)』에 나오는 이학사 간게쓰의 모델로 알려짐.

7월, 교코가 히스테리 증세를 보이며 구마모토 현의 자택 가까이에 흐르는 시라카와(白川)의 이가와부치(井川淵) 하천에 뛰어들어 자살을 기도했지만 근처에 있던 어부가 구함.

1899년 32세

5월, 맏딸 후데코(筆子)가 태어남.

6월, 영어과 주임이 됨.

9월, 구마모토 주위에 있는 아소(阿蘇) 산을 여행하며 『이백십일(二百十日)』의 소재를 얻음.

1900년 33세

6월, 문부성으로부터 영문학 연구를 위해 2년 동안 영국 유학을 다녀오라는 명을 받음(유학비 연 1,800엔).

9월 8일, 요코하마에서 출항.

10월 28일, 런던 도착.

1월 26일, 둘째 딸 쓰네코(恒子)가 태어남.

5~6월 화학자 이케다 기쿠나에(池田菊苗)가 런던을 방문해서 함께 하숙. 이케다의 영향으로 『문학론』 구상을 결심하고 귀국할 때까지 저술에 몰두.

7월, 신경쇠약 재발.

1902년 35세

3월, 장인 나카네 시게카즈에게 편지를 보내 영일동맹 체결에 들뜬 일본인들을 비판하고 대규모 저술 구상을 언급.

9월, 신경쇠약이 극도로 악화되고, 일본에도 나쓰메 소세키의 증세가 전해짐. 문부성은 독일 유학생 후지시로 데이스케(藤代禎輔)에게 소세키를 데리고 귀국하도록 지시.

11월, 마사오카 시키가 7년 동안 앓던 결핵으로 사망했다는 소식을 다카하마 교시의 편지를 받고 알게 됨.

12월 5일, 일본 우편선에 승선해서 귀국길에 오름.

1903년 36세

1월 24일, 도쿄 도착.

3월, 도쿄 혼고(本郷) 구(현재의 분쿄 구) 센다기(千駄木)로 이사.

4월, 제1고등학교 강사가 됨(연봉 700엔). 또한 도쿄제국대학 영문과 교수를 겸함(연봉 800엔).

9월, 제1고등학교의 제자인 후지무라 미사오(藤村操)가 게곤(華嚴) 폭포에 몸을 던져 자살하는 사건이 발생. 다시 신경쇠약이 악화됨. 교코와 불화가 심해져 임신 중인 부인을 친정으로 보내고 별거.

10월, 셋째 딸 에이코(榮子)가 태어남.

1904년 37세

2월, 러일전쟁 발발.

7월, 어린 고양이 한 마리가 집에 들어오고, 교코가 귀여워함.

9월, 메이지(明治) 대학 고등예과 강사를 겸함(월급 30엔).

12월, 당시《호토토기스(ホトトギス)》를 주재하고 있던 다카하마 교시
　　로부터 작품 집필을 권유받고,『나는 고양이로소이다』1장을 문학
　　모임에서 낭독.

1905년 38세

1월~1906년 8월,『나는 고양이로소이다』를《호토토기스》에 발표.
　　1회분으로 끝날 예정이었지만 호평을 받아 11회에 걸쳐 장편으로
　　연재. 이때부터 작가로 살아갈 뜻을 굳힘.

1월,「런던탑(倫敦塔)」을《데이코쿠분가쿠(帝國文學)》에,「칼라일 박
　　물관(カーライル博物館)」을《가쿠토(學燈)》에 발표.

4월,「환영의 방패(幻影の盾)」를《호토토기스》에 발표.

5월,「고토노소라네(琴のそら音)」를《시치닌(七人)》에 발표.

9월,「하룻밤(一夜)」을《주오코론(中央公論)》에 발표.

11월,「해로행(薤露行)」을《주오코론》에 발표.

12월 14일, 넷째 딸 아이코(愛子)가 태어남.

1906년 39세

1월,「취미의 유전(趣味の遺伝)」을 《데이코쿠분가쿠》에 발표.

4월, 『도련님』을 《호토토기스》에 발표.

9월, 『풀베개』를 《신쇼세쓰(新小說)》에 발표.

10월, 『이백십일』을 《주오코론》에 발표. 평소에 그의 자택에 출입이 잦은 문하생들의 방문을 매주 목요일 오후 3시 이후로 정해서 '목요회'라고 불리게 됨.

11월, 요미우리(讀賣) 신문사에서 입사 의뢰가 왔으나 거절.

1907년 40세

1월, 『태풍(野分)』을 《호토토기스》에 발표.

4월, 제1고등학교와 도쿄제국대학 강사를 사직. 아사히(朝日) 신문사에 소설을 쓰는 전속작가로 입사.

5월, 『문학론』(大倉書店) 출간.

6월 5일, 장남 준이치(純一)가 태어남.

9월, 도쿄 우시고메 구 와세다미나미초(早稻田南町)로 이사. 이후 죽을 때까지 소세키 산방(漱石山房)이라고 불린 이 집에서 거주.

6~10월, 『우미인초(虞美人草)』를 《아사히 신문》에 연재.

1908년 41세

1~4월, 『갱부(坑夫)』 연재.

6월,「문조(文鳥)」 연재(오사카《아사히 신문》).

7~8월,「열흘 밤의 꿈(夢十夜)」 발표.

9~12월, 『산시로(三四郎)』 연재.

12월 16일, 차남 신로쿠(伸六)가 태어남.

1909년 42세

1~3월, 「긴 봄날의 소품(永日小品)」 연재.

3월, 『문학평론』(春陽堂) 출간.

6~10월, 『그 후(それから)』 연재.

9월, 남만주철도주식회사 총재인 친구 나카무라 제코의 초대로 만주와 한국을 여행. 이때 신의주, 평양, 서울, 인천, 부산을 방문함.

10~12월, 기행문 『만한 이곳저곳(滿韓ところどころ)』 연재.

11월, '아사히 문예란'을 새로 만들고 주재함. 위경련으로 고통받음.

1910년 43세

3월 2일, 다섯째 딸 히나코(ひな子)가 태어남.

3~6월, 『문(門)』 연재.

6~7월, 위궤양 때문에 나가요(長与) 위장병원에 입원.

8월, 슈젠지(修善寺) 온천에서 다량의 피를 토하고 위독한 상태에 빠짐. 이를 '슈젠지의 대환'이라 부름.

10월~1911년 3월, 슈젠지의 체험을 바탕으로 『생각나는 일들(思い出す事など)』을 32회에 걸쳐 연재.

1911년 44세

2월, 위궤양으로 입원 중에 문부성으로부터 문학박사 학위 수여를 통지받지만 거절함.

8월, 오사카 《아사히 신문》의 의뢰로 간사이(關西) 지방에서 순회 강연을 함.

10월, '아사히 문예란'이 폐지됨. 아사히 신문사에 사표를 내지만 반

려됨. 다섯째 딸 히나코가 급사함.

1912년 45세

1~4월, 『춘분 지나고까지(彼岸過迄)』 연재. 신경쇠약과 위궤양이 재발
하여 고통받음.

7월, 메이지 천황 사망. 연호가 다이쇼(大正)로 바뀜.

10월경, 남화풍의 그림을 그림.

12월, 자택에 전화가 들어옴.

12월~1913년 11월, 『행인(行人)』 연재.

1913년 46세

4월, 위궤양이 재발하고 신경쇠약이 심해져 『행인』 연재 중단(9월부터
재개).

1914년 47세

4~8월, 『마음(こころ)』 연재.

11월, '나의 개인주의'라는 주제로 가쿠슈인(學習院)에서 강연함.

1915년 48세

1월, 제자 데라다 도라히코에게 보낸 연하장에 금년에 죽을지도 모른
다고 씀.

1~2월, 『유리문 안에서(硝子戸の中)』 연재.

3~4월, 교토(京都) 여행. 위통으로 쓰러짐.

6~9월, 『한눈팔기(道草)』 연재.

12월, 아쿠타가와 류노스케(芥川龍之介), 구메 마사오(久米正雄)가 처음으로 목요회에 참가. 이들은 마지막 문하생이 됨.

1916년 49세

1월, 「점두록(點頭錄)」 연재.

2월, 아쿠타가와 류노스케에게 보낸 편지에서 그의 작품 『코(鼻)』를 격찬함.

4월, 당뇨병 진단을 받고 치료에 들어감.

5~12월, 『명암(明暗)』 연재.

8월, 오전에는 소설을 쓰고 오후에는 한시를 쓰고 그림을 그림.

11월 초, 목요회에서 만년의 사상으로 알려진 칙천거사(則天去私)에 대해 처음 언급함.

11월 16일, 마지막 목요회가 열리고 모리타 소헤이, 아베 요시시게, 아쿠타가와 류노스케, 구메 마사오 등이 출석함.

11월 21일, 위궤양 악화로 쓰러짐.

12월 2일, 내출혈로 다시 위독한 상태에 빠짐.

12월 9일 오후 6시 45분 사망.

12월 14일, 도쿄 《아사히 신문》에 연재되던 『명암』이 제188회를 마지막으로 연재 중단됨.

장례식 접수는 아쿠타가와 류노스케가 담당했으며 모리 오가이를 비롯한 많은 명사들이 조문함.

12월 28일, 도쿄 도시마(豊島) 구에 있는 조시가야(雜司ヶ谷) 묘원에 안장됨. 조시가야 묘원은 『마음』의 주인공 K가 자살 후 묻힌 장소임.

동화는 아닌데 동화처럼 읽힌다. 학교 선생님들 이야기인데 마치 학교에 다니는 아이들 이야기를 읽는 것 같다. 내가 그렇게 나이가 들어서인가. 모략을 꾸미는 교감 선생님이나 골동품을 강매하는 하숙집 아저씨 같은 이상한 어른들도 우스꽝스러울 뿐 그다지 밉지가 않다. 시대 탓인가. 세월은 하수상하여 러일전쟁 전승 기념식, 그 엄숙한 자리에서 선생인 주제에 학생들과 뒤엉켜 싸움질이나 하다니. 이 무엄한 것들 같으니라고.

옮긴이 송태욱

연세대학교 국문과를 졸업하고 같은 대학 대학원에서 문학박사 학위를 받았다. 도쿄외국어대학원 연구원을 지냈으며, 현재 대학에서 강의하며 전문번역가로 활동하고 있다.

지은 책으로 『르네상스인 김승옥』(공저)이 있고, 옮긴 책으로 『사랑의 갈증』, 『세설』, 『만년』, 『환상의 빛』, 『형태의 탄생』, 『책으로 찾아가는 유토피아』, 『일본 정신의 기원』, 『트랜스크리틱』, 『소리의 자본주의』, 『포스트콜로니얼』, 『천천히 읽기를 권함』, 『번역과 번역가들』, 『연애의 불가능성에 대하여』, 『매혹의 인문학 사전』, 『안도 다다오』, 『빈곤론』, 『해적판 스캔들』, 『오늘의 일본 문학』, 『문명개화와 일본 근대 문학』, 『유럽 근대 문학의 태동』, 『현대 일본 사상』, 『십자군 이야기』(전3권), 『잘라라, 기도하는 그 손을』 등 다수가 있다. 현암사에서 기획한 나쓰메 소세키 소설 전집 번역으로 한국출판문화상 번역상을 수상했다.